（だめ、あ、あああ……っ！）
歯を食いしばって堪えようとするが、初な体はひとたまりもなかった。
グレイソンの熱い肌、うなじにかかる吐息、密着した硬い高ぶり、
何もかもが刺激的すぎて……。

貴公子は運命の宝石に口づける

神香うらら

23448

角川ルビー文庫

目次

口絵・本文イラスト／明神 翼

1

世界最大の都市、ニューヨーク。その中枢《ちゅうすう》であるマンハッタンの南西部に位置するチェルシーは、現代アートの聖地として知られている。

水池碧《みずいけみどり》が勤務する〈バークレイ〉も、チェルシーを代表する有名ギャラリーのひとつだ。

現代アートをメインに取り扱《あつか》っているが、十九世紀の名画や日本画、稀覯本《きこうぼん》から古代の出土品や先住民の装飾品《そうしょくひん》、芸術と呼べるジャンルはすべてカバーしている。

(というか、お金になればなんでもOKって感じだけど)

受付カウンターのパソコンでスケジュールを確認《かくにん》しながら、碧はちらりと目線を上げた。

ギャラリーオーナーのアラン・バークレイが、常連客を相手に先日仕入れたオブジェのセールストークに勤《いそ》しんでいる。

アランは先代オーナーの息子《むすこ》で、五十がらみの元銀行員だ。亡《な》くなった父の跡《あと》を継《つ》いで小さな画廊《がろう》だった〈バークレイ〉を有名ギャラリーに押し上げたやり手で、勉強熱心で知識も豊富、人当たりも良く、優秀《ゆうしゅう》な経営者と言えるだろう。

(欠けているのはノートへの敬意と愛情だけだし?)

唇《くちびる》をへの字に曲げつつ、パソコンのモニターに視線を戻《もど》す。

ギャラリーも商売なので利益を考えねばならない。商売熱心なのは結構なことだが、アランは商売気がありすぎて作品を金銭的価値でしか見ないし、それを隠《かく》そうともしない。

「このアーティストは今が買い時ですよ。じわじわ評価が高まってますから、今後値上がりが予想されます」

アランのセリフに心の中で「株の銘柄《めいがら》かよ」と突《つ》っ込みを入れたところで、作品を見ていた年配の夫婦《ふうふ》に手招きされた。急いで営業用スマイルを浮《う》かべ、ギャラリーの奥へ向かう。

「いらっしゃいませ」

「妻がこの絵を気に入ってね。聞いたことのない画家だが」

「ええ、〈バークレイ〉でも初めて扱う新進気鋭《きえい》のアーティストです。昨年美術誌で紹介《しょうかい》されて、今注目され始めてるんですよ」

ルピタ・アロンソ——碧が数年前から注目しているメキシコの女性アーティストだ。

しかしアート界での知名度は今ひとつで、この作品を仕入れることにアランはあまりいい顔をしなかった。

『チェルシーではまだルピタの作品を扱っているギャラリーはありません。今後絶対に注目される作家です。NYでいち早く彼女の才能に気づいたとアピールできますよ』

熱心に訴《うった》えてようやく契約《けいやく》にこぎ着けたので、気に入ったと言ってもらえて俄然《がぜん》やる気が湧《わ》いてくる。

「線が力強くていいわね。それでいて色が繊細《せんさい》で」

「そうなんです！　この独特の色使いが彼女の持ち味なんです」

「だけど正直なところ、今はまだ無名の画家ってことだろう？　今後価値が上がるという保証もないし」

妻とは対照的な夫の言葉に、碧は内心ため息をついた。

この男性に限ったことではない。〈バークレイ〉の顧客《こきゃく》の大半を占《し》める富裕《ふゆう》層にとって、アートは鑑賞《かんしょう》するためのものではなく投資の対象なのだ。将来的に値上がりするかどうかだけに関心があり、作品や作家に興味があるわけではない。

もちろん、投資目的ではない客もいる。ただしインテリアとして買い求める客が多く、「受付ロビー用に映《は》える絵を」とか「来客にセンスがいいと思われるような絵を」などと言われ続け、アートを愛する者としてはストレスが溜《た》まる一方だ。

「おっしゃるとおり、評価に関しては未知数です。けど、気に入っていただけたなら……」

「いやいや、やめておくよ。居間に飾《かざ》るにはちょっと地味だし」

妻のほうは少々名残惜《なごりお》しげだったが、彼女に決定権はないらしい。あるいは、どうしても手に入れたいほどではない、といったところか。

夫妻の後ろ姿を見送って、碧はルピタの抽象画《ちゅうしょうが》を見上げた。

（素敵《すてき》な作品だと思うんだけどな……）

美術誌で期待のアーティストとして取り上げられていたのは本当だし、碧自身もアートに関する審美眼《しんびがん》には自信を持っている。

だが、好みが分かれるのも事実だ。金持ちの大邸宅《ていたく》に飾るにはややインパクトが弱いし、オフィスにも向かない作風だろう。

受付カウンターに戻り、碧は改めてルピタの絵に視線を向けた。

深い群青色《ぐんじょういろ》から淡《あわ》い紫色《むらさきいろ》へのグラデーションが、ため息が出るほど美しい。この絵を自分のものにできたら、どんなにいいか……。

大学で美術史を専攻《せんこう》した碧は、美術館の学芸員になりたいと考えていた。在学中にいくつかの美術館でインターンを経験したが、残念ながら採用には至らなかった。

インターン先では真面目《まじめ》な仕事ぶりを評価してもらえたものの、どこの美術館も学芸員の席は滅多《めった》に空かない。事務や経理の仕事なら採用できると言われたが、やはり美術に直接関《かか》わる仕事がしたくてギャラリーに就職することにした。

とはいえギャラリーも競争率が高く、どうにか摑《つか》んだ仕事は契約社員という不安定な身分だったが。

〈バークレイ〉に勤め始めてそろそろ二年、契約更新《こうしん》を前に、碧はこの仕事を続けるかどうか迷っていた。

給料は悪くないが、一年ごとの契約社員という不安定な身分だ。それに、仕事内容に物足りなさも感じている。来客の応対や各種事務作業、アランのスケジュール管理……アートに関する意見を求められることはほとんどない。

（要するに一昔前の〝秘書〟扱いだよね）

オークションの日時を確認しながら、心の中でため息をつく。

仕事中にこっそりため息をついている自分が嫌《いや》になるし、数年前に購入《こうにゅう》した絵画が倍の値段に跳《は》ね上がったと自慢《じまん》話をしている常連客にもうんざりだ。

オークションの目録をチェックしていると新たな客がやってきたので、碧は急いで営業用の笑顔《えがお》を作った。

「いらっしゃいませ」

現れたのはグレイソン・ブラックウェル——暗褐色《あんかっしょく》の豊かな髪《かみ》に、サファイアのような青い瞳《ひとみ》を持つ長身の男性だ。完璧《かんぺき》な体を仕立てのいいスーツに包み、今日も圧倒《あっとう》的な存在感を漂《ただよ》わせている。

彼も〈バークレイ〉の常連で、自ら起業した投資会社の若き経営者として知られている。

モデルと見まごうほどのルックス、莫大《ばくだい》な富を持つ独身男性とあって、経済界のみならず社交界でも注目の〝プリンス〟で——。

（うわ、また違《ちが》う女性連れてる）

かたわらに寄り添《そ》う女性は初めて見る顔だった。金髪《きんぱつ》をアップにまとめ、シンプルな黒のスーツを上品に着こなしている。先日同伴《どうはん》してきた、いかにもパーティーガールの女性とは正反対のタイプだ。

「やあ、碧。ご機嫌《きげん》いかがかな？」

グレイソンの軽い口調に、作り笑顔で「おかげさまで上々です」と答える。

「新しい作品が何点か入りましたので、ぜひご覧ください」

連れの女性にも愛想《あいそ》よく微笑《ほほえ》みかけつつ、碧はふたりをギャラリーの奥へ案内した。

正直言って、碧はグレイソンがかなり苦手だった。仕事はできるのだろうが、女性を取っ替《か》え引っ替えするような遊び人はどうしても好きになれない。

相手を見下したり横柄《おうへい》な態度を取ったりしないので、その点は評価できるが。

（それに、今やうちのギャラリーの上得意さまだし）

半年ほど前、グレイソンはふらりとギャラリーに現れた。

〈バークレイ〉は一見《いちげん》さんお断りではないが、富裕層の客は誰《だれ》かの紹介でやってくるケースが圧倒的に多い。常連に紹介してもらうことで、その他大勢の客より優遇《ゆうぐう》が期待されるからだ。

実際アランは紹介者の有無《うむ》で応対をがらりと変えるし、高額商品を扱《あつか》う商売である以上、それもやむを得ないだろう。碧としても、冷やかしの観光客にまで愛想よくしていられないというのが本音だ。

『通りがかりに、あの絵が目に入って気になってね』

そう言って、グレイソンがにっこり微笑んだときのことをよく覚えている。

彼がただの観光客でないことは一目瞭然《いちもくりょうぜん》だった。そして、〝普通《ふつう》の人〟ではないことも。

高級なスーツのせいばかりでなく、話し方や物腰《ものごし》から付け焼き刃《ば》ではない本物の気品がにじみ出ており、いったいこの男性は何者だろうと碧は笑顔の下で身構えた。

〈バークレイ〉の顧客は政財界の大物のみならず、ヨーロッパやアラブの王族も名を連ねている。紹介がないからといって油断はできない。自分が何か粗相《そそう》をすれば、ギャラリーの評判を落とすことになってしまう——。

『あの色使いは遠目でもぱっと視界に入ってきますよね。どうぞごゆっくりご覧ください』

『ありがとう』

絵の前に立って腕《うで》を組み、数分間眺《なが》めたのち、グレイソンは碧を手招きして『この絵を買いたい』とさらりと告げた。

スペインの著名な画家の作品は、通りがかりに見かけて気に入ったからと買えるような値段ではない。碧を始め普通の人にとっては、という意味だが。

あのとき彼が買った絵は、マンハッタンのオフィスに飾られている。搬入《はんにゅう》の際、碧も高層ビルの上層階にある彼の会社に同行し、やはりグレイソンがただ者ではなかったことを再確認《さいかくにん》した。

「ああ……この色、すごくいいな」

ルピタの絵の前で足を止め、グレイソンが感嘆《かんたん》したように声を漏《も》らす。

「ルピタ・アロンソ。初めて聞く名前だ」

「ええ、まだあまり知られていませんが、今後の活躍《かつやく》が期待されているアーティストです」

営業スマイルで答えると、振り返ったグレイソンにじっと見下ろされた。

「きみ好みの画家って気がする」

「…………」

美しいブルーの瞳に、思わず見入ってしまう。

前々から思っていたが、グレイソンの眼差《まなざ》しの威力《いりょく》は絶大だ。歴代の彼女たちも、この目で見つめられてあっというまに恋《こい》に落ちたに違いない。

「……ええ、個人的にも期待している作家です」

さりげなく目をそらし、無難に答える。どうして好みの画家だとばれたのだろうと訝《いぶか》しみつつ。

「やっぱり。この半年で、きみの好みの傾向《けいこう》が摑めてきたんだ」

悪戯《いたずら》っぽく微笑みかけられ、碧は内心動揺《どうよう》した。

客に自分の好みを押しつけないよう言葉には常に気をつけているし、グレイソンに個人的な

趣味《しゅみ》について話した記憶《きおく》はないのだが……。

「これはブラックウェルさま、いらっしゃいませ」

いそいそとやってきたアランが、グレイソンに最大級の愛想笑いを向ける。

アランに「ここは私に任せて」と目配せされたので、碧は「失礼します」と呟《つぶや》いて踵《きびす》を返した。

上得意に限り、アランは自分が接客しないと気が済まないらしい。もしくは、部下を信用していないか。

(多分後者だな)

受付カウンターに戻《もど》って、オークションの目録を開く。

ちらりと視線を向けると、グレイソンはまだルピタの絵を眺めていた。連れの女性はあまり興味がないらしく、笑みを浮《う》かべてアランのセールストークに耳を傾《かたむ》けるふりをしている。

(グレイソンが買ってくれるといいんだけど)

売れればまたルピタの作品を仕入れることができるし、なかなかの目利《めき》きのグレイソンが購入したとなれば、アランもルピタへの評価を変えるのではないか。

内心はどう思っているのかわからないが、グレイソンは作品を投資対象とみなすような発言をしない。碧としても、あの絵は本当に気に入ってくれた人のもとに行って欲しかった。

(僕が買えたら、それがいちばんいいんだけどさ)

ため息をつきながら目録に目を戻すと、ヒールの音を高らかに響《ひび》かせて新たな客がやってきた。

顔を上げ、ぎくりとする。

現れたのは、以前グレイソンが連れてきたことのある女性のひとりだった。先日のパーティーガールではなく、二、三ヶ月前に親密な様子だった女性だ。

元恋人と現恋人の鉢合《はちあ》わせ――必ずしもトラブルになるとは限らないが、彼女の思い詰《つ》めたような表情を見て碧は「これはまずいことになりそうだ」と感じた。

「いらっしゃいませ」

急いで営業スマイルを作り、彼女を足止めしようと声をかける。

しかし彼女は碧には目もくれず、大股《おおまた》でギャラリーの奥へ突《つ》き進んでいった。

慌《あわ》てて出入り口に立つ警備員を呼ぼうと口を開きかけ、思い直して唇《くちびる》を引き結ぶ。まだ何も起きていないし、何かが起きると決まったわけでもない。

グレイソンが上手《うま》く対処してくれたら、それがいちばんいいのだが……。

「噂《うわさ》は本当だったのね！」

彼女が張り上げた声が、ギャラリーの静謐《せいひつ》な空間に亀裂《きれつ》を入れる。

振り返ったグレイソンが彼女を見て軽く眉《まゆ》をそびやかし、連れの女性も驚《おどろ》いたように目を見開いた。

「よくも平気な顔で……！　友達の彼氏を奪《うば》うなんて、あんたって最低！」

猛然《もうぜん》と彼女が掴《つか》みかかったのは、グレイソンではなく連れの女性のほうだった。

グレイソンがさっとふたりの間に割って入り、女性を庇《かば》うように盾《たて》になる。

「ショーナ、落ち着いて。きみたちが友人同士だなんて知らなかったんだ。責めるなら俺を責めてくれ」

実に紳士《しんし》的な態度だ。だがグレイソンのその言葉は、ショーナと呼ばれた女性の怒《いか》りの炎《ほのお》にさらなる油を注いだのは明らかだった。

「知らなかった？　よく言うわ！　私とイーディが一緒《いっしょ》に旅行したときの写真を見せたじゃない！　ああそうか、あなたは私の交友関係なんか全然興味なかったもんね。私が何を思ってどう感じてるか、あなたはこれっぽっちも気にしてなかったもんね！」

駆《か》けつけた警備員が、ふたりがかりでグレイソンからショーナを引きはがす。

茫然《ぼうぜん》と突っ立っていたアランもようやく我《われ》に返ったらしく、ショーナに向かって「ギャラリー内ではお静かにお願いいたします」と間の抜《ぬ》けたセリフを口にした。

警備員に外に連れ出されるまで、ショーナはグレイソンへの恨《うら》み言《ごと》を喚《わめ》き続けていた。

他《ほか》に客がいなかったのが幸いだ。そうでなかったら、今の騒動《そうどう》はあっというまにSNSで拡散されていただろう。

イーディと呼ばれた金髪《きんぱつ》の女性は、ショックを受けたように椅子《いす》に座り込んでいた。グラスに冷えたミネラルウォーターを注ぎ、銀のトレイに載《の》せて彼女のもとへ急ぐ。

「お怪我《けが》はありませんか？」

気遣《きづか》わしげな表情を浮かべて、碧はイーディの前にトレイを差し出した。

「ええ、ありがとう。騒《さわ》ぎを起こしてごめんなさい」

グラスを手に取り、彼女が深々とため息をつく。

「俺のせいだ。本当にすまない」

殊勝《しゅしょう》なセリフとは裏腹に、グレイソンは動揺した様子もなく落ち着き払《はら》っていた。騒ぎの張本人だというのに、どこか人ごとのような態度だ。

踵を返して受付カウンターに戻ると、背後からグレイソンが追ってきた。

「迷惑《めいわく》をかけてすまないね」

「いえ、大事に至らなくてよかったです」

顔を上げ、営業スマイルでにこやかに返す。

ギャラリーの奥をちらりと見やると、イーディの隣《となり》に掛《か》けたアランが何やら盛《さか》んに慰《なぐさ》めの言葉をかけていた。アランはいつもこうなのだ。若い金髪美人を放《ほう》っておけない質《たち》らしい。

「もしかして怒《おこ》ってる？」

カウンターに寄りかかったグレイソンに問いかけられ、碧は営業スマイルを保ったまま軽く肩《かた》をすくめた。

「怒ってません。呆《あき》れてるだけです」

グレイソンが、ははっと小さく声を立てて笑う。

「正直に言うと、いつかこういうことが起きるんじゃないかと思ってました。誰《だれ》とつき合おうと自由ですけど、取っ替《か》え引っ替えしてたら不満を持つ人も出てきますよ」

普段《ふだん》はギャラリーの客に対して本音をぶちまけたりはしない。けれどグレイソンには、前々からわりと本音を漏らしてきた。

きっかけは、グレイソンに『この彫刻《ちょうこく》よりきみの後ろ姿のほうが魅力《みりょく》的だな』と軽口を叩《たた》かれたこと。仕事中であることも忘れ、思わず碧は『今はそういうジョークは通用しません』と言い返してしまった。

『これは失礼。確かに時代錯誤《さくご》な発言だったよ』

グレイソンは怒らず、むしろ面白《おもしろ》そうな様子だった。常に周囲からちやほやされているので、ギャラリーのスタッフごときが苦言を呈《てい》したのが新鮮《しんせん》だったのだろう。

「取っ替え引っ替えってほどじゃないよ」

「毎回違《ちが》う女性を連れてきているように見えますけど」

「そうだった？　誤解のないよう言っておくが、彼女たちとはつき合ってるわけじゃない。互《たが》いに気が向いたらデートする程度の軽い関係だ。彼女たちにも最初にちゃんと断って、了解《りょうかい》を得ている」

「そうは言っても、何度か会っているうちに本気になる女性もいるでしょう？」

声を潜《ひそ》めて反論したところで、アランとイーディがこちらへ向かってくるのが目の端《はし》に入る。

ちらりとグレイソンと視線を交《か》わし、碧は急いで営業用の仮面を被《かぶ》った。

「今日はもう帰りたいわ」

力なく微笑《ほほえ》んで、イーディがグレイソンを見上げる。

「わかった。家まで送るよ」

彼女とともにギャラリーをあとにしようとしたグレイソンが、ふと思い出したように引き返してきた。

「こんなときになんだが、ルピタ・アロンソのあの絵を購入《こうにゅう》したい。取り置きしておいてもらえるかな」

悪戯っぽく微笑みかけられて、碧は目を瞬《またた》かせた。

「……ええ、喜んで」

「ありがとう。じゃあまた、近いうちに」

颯爽《さっそう》とギャラリーをあとにするグレイソンに、少々呆気《あっけ》にとられてしまう。自分が原因でふたりの女性が仲違《なかたが》いしたというのに、彼はさほど影響《えいきょう》を受けていないようだ。

（ちょっとは深刻に受けとめて反省しろよ）

心の中でぶつくさ文句を言いながら、ルピタの絵に〝商談中〟の札を掛けに行く。グレイソンなら確実に買ってくれるだろうから〝売約済〟でもいいのだが、規則通りにやらないとアランがいろいろうるさいのだ。

グレイソンの態度にもやもやしつつも、絵を買いたいと言われたことは素直《すなお》に嬉《うれ》しかった。投資目的ではなく、この絵を気に入ってくれたらしいことも。

新たな客がやってきたので、急いで仕事モードに切り替える。にこやかに接客しつつも、先ほどの騒動のことが頭から離《はな》れなかった。

(余計なこと言っちゃったな)

勢いに任せて本音を言ってしまうのが自分の悪い癖《くせ》だ。そういえばつい先日も、仕事の進め方に意見してアランに嫌《いや》な顔をされたばかりだった。

学生時代ならともかく、社会人としてはある程度わきまえなくてはならない。

「この画家、最近よく見かけるけど人気あるの?」

客の男性に問いかけられ、碧は笑顔《えがお》で「ええ、美術界で今もっとも注目されている画家のひとりですよ」と如才《じょさい》なく答えた。

「ただいま」

後ろ手にドアを閉めて、誰もいない部屋に向かって呟《つぶや》く。玄関脇《げんかんわき》のランプを点《つ》け、碧は上着を脱《ぬ》ぎながら窓辺に歩み寄った。

碧の住まいは、ブルックリンの片隅《かたすみ》の築七十年のアパートだ。

ワンベッドルームの狭《せま》い部屋ながら、土地柄《とちがら》家賃はかなり高い。〈バークレイ〉の給与《きゅうよ》は決して低くはないのだが、物価の高いニューヨークでは生活は常にギリギリ、貯金をする余裕《よゆう》は持てずにいる。

空気を入れ換《か》えようと窓を開けると、隣の建物から数人の男女が騒ぐ声が聞こえてきた。

(またパーティか)

住宅密集地なのである程度は仕方ないが、こうも頻繁《ひんぱん》に大騒ぎされるとうんざりする。毎回近所の誰かが通報するもののあまり効果はなく、耳栓《みみせん》かヘッドフォンで自衛するしかない。

耳栓をしてパソコンを起《た》ち上げた碧は、先日面接を受けた美術館からメールが来ていることに気づいてどきりとした。

碧が好きな作家の作品を多数所蔵している、コネチカット州の公立美術館だ。生まれ故郷の町にも近く、学芸員募集《ぼしゅう》の告知を見つけたときには思わず歓声《かんせい》を上げてしまった。

書類審査《しんさ》に合格し、意気揚々《いきようよう》と面接に赴《おもむ》いたのだが、控《ひか》え室《しつ》にずらりと並んだ志望者の数に愕然《がくぜん》とした。競争率が高いであろうことは予想していたが、これほどまでとは思っていなかったのだ。

それでも、面接では自分の得意分野やこの美術館でどういう仕事をしたいかしっかり伝えることはできたと思う。大学卒業後のキャリアがギャラリーの契約《けいやく》社員のみというのが心許《こころもと》ないが、面接官にいい印象を与《あた》えることはできたはずだ。

(どうか受かってますように)

祈《いの》るような気持ちで、メールをクリックする。

三行目まで読んで、碧はがっくりと肩を落とした。

「不採用か……」

あの人数だから仕方がない。覚悟《かくご》はしていたが、こうして現実を突《つ》きつけられるとショックは大きかった。

おそらくこの先も、美術館の正規職員への道は険しいだろう。あまり気は進まないが、将来のことを考えて中学校か高校の美術教師になるという選択肢《せんたくし》も視野に入れたほうがいいかもしれない。

(……とりあえずご飯食べよう)

空腹時の考えごとはろくな結果にならない。キッチンで湯を沸《わ》かして、碧はジャスミンティーを淹《い》れた。

今夜の夕食は、近所の中華《ちゅうか》料理店で買ってきた焼きそばだ。ひとり暮らしを始めた当初は張り切って自炊《じすい》をしていたのだが、最近は面倒《めんどう》になってほとんどテイクアウトで済ませている。

紙の容器に入った焼きそばを食べながら、碧はなんだか可笑《おか》しくなってしまった。

高額の商品を扱《あつか》い、日々富裕《ふゆう》層と接しているのに、自分は狭いアパートで切り詰《つ》めた生活をしている。金持ちになりたいわけではないけれど、気に入った絵をローンで買えるくらいの余裕があったらどんなにいいだろう。

（ルピタのあの絵、寝室《しんしつ》の壁《かべ》に飾《かざ》れたら最高なんだけど）

ジャスミンティーを口にし、眉根《まゆね》を寄せる。

安売りしていたので買ってみたが、これは失敗だった。落ち込んでいるときは、こういう些《さ》細《さい》な失敗も大きく響《ひび》いてくる。

ため息をついて、碧は窓の外へ視線を向けた。

2

四月のまだ肌寒《はだざむ》い夜、定休日の〈バークレイ〉に続々と客が吸い込まれていく。

今夜〈バークレイ〉で行われるのは、明日から一般《いっぱん》公開されるコレクションのオープニング・パーティ――美術界の著名人やギャラリーの関係者、常連客に一足先にお披露目《ひろめ》し、作品を眺《なが》めながら交流する美術界ではお馴染《なじ》みのイベントだ。

見慣れたギャラリーの空間は、がらりと雰囲気《ふんいき》を変えていた。フロアの照明をいつもより絞《しぼ》って劇場風にし、テーブルには洒落《しゃれ》たフィンガーフードが並べられ、ケータリング会社から派《は》遣《けん》された制服姿のウェイターが来客の間をきびきびと動きまわっている。

非日常を存分に味わうことができるので、碧も毎回オープニング・パーティを楽しみにしている。特に今夜のドレスコードは男性がタキシード、女性がイブニングドレスなので、まるで映画のワンシーンのように華《はな》やかだ。

アランはパーティを上品でエレガントなものにするための努力を惜《お》しまない。シャンパンは高級品だしフードは流行の最先端《さいせんたん》、飾られている花もシックにアレンジされている。

肝心《かんじん》の展示品は、ニューヨークの資産家トーマス・ハウザー氏の個人コレクションだ。高齢《こうれい》のハウザー氏が自身のコレクションを整理するため、先代オーナーと親交のあった〈バークレイ〉に売却《ばいきゃく》を依頼《いらい》したのだという。絵画をメインに宝石や工芸品、作家の直筆の手紙など、正直なところ統一感のないコレクションではあるが、それなりに価値のある品ばかりだ。

「いらっしゃいませ、招待状を拝見いたします」

他《ほか》のスタッフとともに受付で来客の応対をしていると、ギャラリーの前に見慣れた黒塗《くろぬ》りの車が停《と》まり、後部座席からグレイソンが降り立つのが見えた。

今夜も嫌になるほど決まっている。映画のような世界にゴージャスな主演俳優が登場、といったところか。パーティにはいつも女性を同伴《どうはん》してくるのだが、今夜は珍《めずら》しくひとりだ。

「いらっしゃいませ、こんばんは」

営業スマイルで迎《むか》えると、グレイソンも招待状を差し出しながら「やあ」と微笑《ほほえ》んだ。

「おひとりですか？」

グレイソンの同伴者の有無《うむ》に興味があるわけではなく、人数のチェックのために尋《たず》ねただけだが、先日余計なことを言ってしまったせいで少々ばつが悪い。

「ああ、ひとりだ」

後ろを振《ふ》り返って人がいないのを確かめ、グレイソンが続けた。

「きみに言われて反省したんだ。確かに俺は彼女たちを都合よく連れまわしていた。どこに行くにも女性を同伴しなきゃならない、それがマナーだと思い込んでたんだが、考えてみたら女性を物扱いして失礼だった。男女のカップル単位で行動しなきゃならないってのも、古くさい価値観だしな」

グレイソンの言葉に、碧は目をぱちくりさせた。

まさか彼が――経済界で注目の若き成功者が、ギャラリーのスタッフ風情《ふぜい》の言ったことを真《しん》摯《し》に受けとめてくれるとは思わなかった。

「それは……ええと、そうなんですか」

なんと言っていいかわからず、口ごもる。

「パーティにひとりで参加するのは学生のとき以来だから、ちょっと挙動不審《ふしん》になるかもしれない。きみが話し相手になってくれるかな？」

「心配なさらなくても、あなたと話したがっている人はたくさんいますよ」

軽く受け流したところで新たな客がやってきて、グレイソンが「じゃあまたあとで」と踵《きびす》を返す。

少々責任を感じつつ、碧は仕事モードに戻《もど》って客を出迎えた。


パーティは大盛況《だいせいきょう》だった。

〈バークレイ〉では二、三ヶ月おきにオープニング・パーティが開かれており、碧も何度も経験してきたが、これほど高級感のあるパーティは初めてだ。やわらかな照明、振る舞《ま》われるフードやドリンク、参加者の服装やマナー、どれも満点と言っていいのではないか。コレクションの配置も、アランが練りに練っただけあって映《は》えている。

コレクションの持ち主であるトーマス・ハウザー氏は健康上の理由で不参加だが、ふたりの息子《むすこ》とその家族が参加しており、名門ハウザー家の威光《いこう》もパーティの格を押し上げていた。

（……やっぱ気のせいじゃないよな）

常連の老婦人に作品の説明をしながら、碧は人波の向こうから視線がまとわりついているのを感じていた。

ちらりと見やり、視線の主がハウザー氏の孫であることを確認《かくにん》して内心ため息をつく。挨拶《あいさつ》をしたときの印象で、碧と同世代の彼が〝仲間〟ではないかと感じたのだが、どうやら間違《まち》いではなかったらしい。

——碧は同性愛者だ。

思春期を迎える頃《ころ》に自身の性的指向を自覚し、十代の頃はひた隠《かく》しにしてきた。生まれ育ったのはコネチカット州の小さな町、ニューヨークのベッドタウンなので保守的な土地柄《とちがら》ではなかったが、それでもやはり小さなコミュニティで少数派であることは多大な緊張《きんちょう》をもたらす。加えて父は日本企業《きぎょう》のNY支社に勤務するエリートで母は教育熱心な専業主婦、三人きょうだいの長男である碧は、年の離《はな》れた妹と弟に模範《もはん》を示す優等生でなくてはならなかった。

ニューヨーク州の北部にある大学に進学し、親元を離れてようやくひと息ついたものの、ゲイをカミングアウトするのはそれなりにリスクを伴《ともな》う。いろいろ考えて、大っぴらにはしないがゲイの集まるクラブやLGBTQ団体のイベントには顔を出す、という曖昧《あいまい》な立ち位置を貫《つらぬ》くことにして今に至っている。

そういう場所では、わざわざゲイだと自己紹介《しょうかい》しなくてもいいので気が楽だ。

実は碧は昔から男性にかなりもてる。さらさらの黒髪《くろかみ》になめらかな肌《はだ》、切れ長の目が印象的な中性的な顔立ち——百七十五センチのほっそりとしたスタイルのいい体は、日本のアニメのキャラクターのようだと賞賛されてきた。

男を惹《ひ》きつける容姿は、厄介《やっかい》な面も併《あわ》せ持つ。一方的に好意を寄せられつきまとわれたり、しつこいアプローナに悩《なや》まされたり、そういった経験が碧を恋愛《れんあい》に対して消極的にさせ、初めて恋人《こいびと》ができたのは二十二歳のときのこと。

けれどようやく訪《おとず》れた春も、三ヶ月も経《た》たないうちに終わってしまった。恋人だと思っていた男性に、他にもつき合っている女性がいたのだ。

(相手は初めから軽い遊びのつもりだったってことに、僕が気づかなかっただけっていうか)

苦々しい思い出に蓋《ふた》をし、作品の説明を続ける。老婦人との会話が途切《とぎ》れたところで、ハウザー氏の孫が笑《え》みを浮《う》かべながら近づいてきた。

「やあ、ちょっといいかな」

「……ええ」

営業スマイルは得意なはずなのに、表情がぎこちなく強《こわ》ばってしまう。挨拶のときにも感じたが、彼の猫撫《ねこな》で声はどうも苦手だ。

「ここで働いて長いの？」

「そうでもないです。二年くらいなので」

「そうなんだ。僕は祖父の会社で働いてたんだけど、自分の力を試《ため》したくなって転職したばかりなんだ。ほら、創業者の孫だと何かと周りに気を遣《つか》われるだろう？　それが鬱陶《うっとう》しくてさ」

「わかります」

少々いらっとしつつ、適当に相槌《あいづち》を打つ。

恵《めぐ》まれた環境《かんきょう》にいる人間の苦悩《くのう》は、今の碧にはまったく響《ひび》かなかった。けれど彼は、碧の同意に気を良くしたらしい。

「なんだかきみとは気が合いそうだ。ふたりきりで話したいな。ここじゃ落ち着かないから、ちょっと抜《ぬ》け出さない？」

来た来た……と思いながら、碧は笑顔できっぱり「仕事中ですので」と断った。

「僕がオーナーに言ってあげるよ。家に飾《かざ》る絵について相談したいって言えば、オーナーだってNOとは言わないでしょ」

特権意識丸出しのセリフに、営業スマイルがぴくりと引きつる。自分の誘《さそ》いを断るはずがないという自信満々の態度も不快だった。

客に口説かれたのは初めてではない。プライベートなら無視するところだが、仕事中はそうもいかず、気づかないふりでやり過ごしたりやんわり断ったり、いずれにしても多大なストレスをもたらしている。

しかめ面《つら》で突《つ》っぱねることができたら、どんなにいいだろう。

しかし目の前の青年はハウザー氏の孫で、会場には彼の両親もいる。機嫌《きげん》を損《そこ》ねないように断るにはどうしたらいいのか……。

「――碧」

ふいに背後から聞き慣れた声が降ってくる。ちょうどいいタイミングで現れたグレイソンに、碧は笑顔全開で振り返った。

「はい、なんでしょう」

「ああ、すまない、邪魔《じゃま》をしてしまったかな？」

ハウザー氏の孫に気づいたグレイソンが、少しも悪びれていない態度で微笑む。

さすがの御曹司《おんぞうし》も、財界の有名人の登場に怯《ひる》んだようだった。「いえ……じゃあまたあとで」と呟《つぶや》いて、くるりと踵を返す。

厄介なナンパから逃《のが》れることができて、碧はほっと胸を撫《な》で下ろした。

「余計なお世話かもしれないが、きみが困ってたみたいだから」

ほっとしたのも束《つか》の間、グレイソンの言葉にぎくりとする。

男性に口説かれていたところを見られていたと知って、気恥《きは》ずかしさと居心地《いごこち》の悪さが込み上げてくる。けれど自分が恥ずかしく思う必要はないし、気づかれたからといってそれがなんだというのだ。

「ありがとうございます」

気を取り直して笑みを作り、その場を離れようとすると、「待って」と呼び止められた。

「ひとりだと手持ち無沙汰《ぶさた》なんだ。ちょっとおしゃべりしよう」

いい大人が、連れがいないと間が持たないらしい。内心面倒《めんどう》くさい男だなと思いつつ、客の相手も仕事のうちなので碧は笑顔で頷《うなず》いた。

「コレクションはご覧になりました？」

「ああ。ひととおり見せてもらったよ」

「何か気になる作品はありますか？」

碧の質問に、グレイソンが軽く肩《かた》をすくめる。

（だろうね）

心の中で呟き、碧はフロアを見渡《みわた》した。この半年間にグレイソンが買った作品を知っているので、今回のコレクションが彼の趣味《しゅみ》ではないことはわかりきっている。

グレイソンは上得意なのでオープニング・パーティには必ず招待しているが、毎回出席しているわけではない。なのにどうしてわざわざ興味のないコレクションのオープニング・パーティにやってきたのだろう。

疑問が顔に出てしまったのか、グレイソンがこちらに向き直った。

「実を言うと、トーマス・ハウザー氏に会いたかったんだ。滅多《めった》に外出しないと知っているけど、もしかしたらと思って」

「そうだったんですか……あ、さっきの男性、ハウザー氏のお孫さんですよ」

「ああ、知ってる」

ということは、ハウザー氏の息子《むすこ》夫婦《ふうふ》が来ていることも知っているのだろう。グレイソンなら誰《だれ》かの紹介なしに直接話しかけても嫌《いや》な顔をされないはずだ。

会話が途切れ、碧は困って視線を泳がせた。仕事の話以外、グレイソンとの間に共通の話題がなさすぎる。あれこれ詮索《せんさく》したくないし、自分のことも話したくなかった。

「もしかして俺は今きみを困らせてる？」

「え？　いえ、そんなことはありません。あなたに同伴者《どうはんしゃ》がいないことに、僕もちょっと責任を感じているので」

「気にしないでくれ。ひとりで手持ち無沙汰だと言ったが、デートのときはもっと気詰《きづ》まりなんだ。向こうが退屈《たいくつ》しているのが伝わってきて、俺も場を繋《つな》ぐためにどうでもいいことを口にする。そのくり返しだ」

ふいにグレイソンが、碧をまじまじと見つめながら「ああ」と声を上げた。

「こうやって口にしてみると、いかに無駄《むだ》な時間を過ごしていたかよくわかるな」

「中には話が合うかたもいたでしょう？」

「それが全然。ああ、ちょっと待って」

グレイソンが通りかかったウェイターのトレイからシャンパンのグラスをふたつ取り、ひとつを碧に渡してくれる。

受け取ったときにほんの少し指先が触《ふ》れ、彼の体温にどきりとした。ざわつく気持ちを落ち着かせようと、冷えたシャンパンを口にする。

「そうそう、訊《き》こうと思ってたんだ。ルピタ・アロンソの作品は今後も扱《あつか》う予定？」

グレイソンの口からルピタの名前が出て、碧はぱっと目を輝《かがや》かせた。

「ええ、来月に三点入荷《にゅうか》する予定です」

「それは楽しみだな。どんな絵？」

「それぞれ赤、青、緑を基調とした作品です。正方形の十号サイズで、先日お買い上げいただいた絵とは色調が違《ちが》いますが、彼女の独特な色使いの特徴《とくちょう》がよく出ている作品かと」

「三点セットの連作？」

「いえ、ルピタ本人は関連性はないと考えているようです。けど、一点だけ見たときと三点並べたときの印象ががらりと変わるので、ぜひ三点ともご覧いただきたいです」

「それを聞いて俄然《がぜん》興味が湧《わ》いたよ。入荷日が決まったら連絡《れんらく》してくれるかな」

「もちろんです」

嬉《うれ》しくなって、こくこくと力強く頷く。

ふいにグレイソンが、碧の顔を見つめてくくっと可笑《おか》しそうに笑った。

「いや、失礼。やっぱり絵の話になったとたんに生き生きするなあと思って」

「……っ」

ルピタの名前でスイッチが入り、つい饒舌《じょうぜつ》にまくし立ててしまった。照れくさくなって、「仕事熱心なので」と言い訳する。

「実を言うと、前からルピタの絵を取り扱ってくれるようアランに頼《たの》んでいたんです。なかなかOKが出なかったんですけど、美術誌で取り上げられてようやく願いが叶《かな》ったもので」

「ああ、やっぱりきみのセレクトか。彼女の絵を見るときの熱量が違うから、多分そうなんだろうなと思ってた」

「……わかります？　個人的な好みは前面に出さないように気をつけてはいるんですけど」

「ああ、わかるよ。好きな作品を見るときは目の色が違う」

悪戯《いたずら》っぽく笑い、グレイソンが首を傾《かし》げるようにして顔を覗《のぞ》き込んできた。

「俺は美術館巡《めぐ》りが趣味のひとつなんだが、きみと一緒《いっしょ》だと楽しめそうだ」

グレイソンのセリフに、碧は笑顔《えがお》を強《こわ》ばらせた。なんだか誘っているように聞こえるのは、気のせいか深読みのしすぎか。

おそらく後者だろう。さっきハウザー氏の孫に口説かれたせいで、神経が過敏《かびん》になっているのだ。

「ニューヨークは美術館がたくさんあって楽しめますよね。おすすめの美術館はあります？」

当たり障《さわ》りのない返答を口にしたところで、人垣《ひとがき》の向こうからアランが手招きしていることに気づいた。

「すみません、ちょっと失礼します」

グレイソンとの会話を終わらせることができてほっとしつつ、アランのもとへ急ぐ。

パーティが盛況《せいきょう》とあって、アランは上機嫌《じょうきげん》だった。

「さっそく何点か購入《こうにゅう》の打診《だしん》があったよ。そろそろ来賓《らいひん》のスピーチだから、マイクの準備を」

「はい」

頷いて、受付カウンターへハンドマイクを取りに行く。マイクを手に戻《もど》ろうとしたところで、人垣に阻《はば》まれてしまった。

渋滞《じゅうたい》の原因はフロアの中央に置かれたガラスケースだ。今回のコレクションの目玉、宝石のアクセサリーが照明を受けてまばゆい光を放っている。

宝石は全部で十点、アランによると石自体はさほど値の張るものではないが、アンティークとしての価値が高いのだという。

人目を引く宝石類をコレクションの中心に持ってくる案は、最初に聞いたとき少々俗《ぞく》っぽく感じてしまった。けれど人々の関心を集めているところを見ると、宝石をメインの展示にしたのは正解だったのだろう。

「失礼します」

ガラスケースの周りの人垣を避《さ》け、奥へ向かう。

そのとき突然《とつぜん》会場の明かりが消え、人々の談笑《だんしょう》がざわめきに変わった。

(停電？)

スピーチのための演出だろうか。打ち合わせではそのような計画は聞いていないけど……と首を傾げたところで、近くでガシャーンとガラスが割れる音が響《ひび》いた。

「――!?」

悲鳴と怒号《どごう》、けたたましい警報音が耳をつんざく。

これは停電でも演出でもない。非常事態だ。

(どうしよう、動かず警備員に任せるべき?)

ギャラリーには警備員が常駐《じょうちゅう》している。碧たちスタッフも防犯の研修を受けており、こういう場合は無闇《むやみ》に動かず床《ゆか》に伏《ふ》せるように言われたことを思い出した。

(強盗《ごうとう》? それとも停電でパニックになった誰かが誤ってガラスを割ってしまったとか?)

いや、それはないだろう。宝石が納められたケースは強化ガラス製で、ちょっとぶつかったくらいでは割れないはずだ。

頭の中で疑問が高速で渦巻《うずま》き、なのに体は動かなくて棒立ちになっていると、誰かに体当たりされた。

「うわっ!」

床に尻餅《しりもち》をつき、痛みに顔をしかめる。

鳴り止《や》まない警報の音に、碧は全身に恐怖《きょうふ》が這《は》い上がってくるのを感じた。

一刻も早く逃《に》げなくては。いや、その前に客を出口へ誘導《ゆうどう》しなくては。

けれど皆《みな》が口々に喚《わめ》く声に圧倒《あっとう》されるばかりで、無意識に両手で耳を塞《ふさ》いで体を丸める。

「大丈夫《だいじょうぶ》か？」

ふいに大きな手に肩《かた》を摑《つか》まれ、今度は心臓が口から飛び出しそうになった。

暗闇でほとんど何も見えないが、声とコロンの香《かお》りでグレイソンだとわかった。

「え、ええ……」

目が慣れてきたのか、非常灯の薄明《うすあ》かりに周囲の状況《じょうきょう》がぼんやりと浮《う》かび上がる。

グレイソンが床に膝《ひざ》をつき、気遣《きづか》わしげな表情でこちらを覗き込んでいた。

「いったい何が」

言いかけたそのとき、ぱっと明かりが点《つ》いた。パーティ用のやわらかな明かりではなく、普《ふ》段《だん》の営業時の照明だ。

フロアはひどい有様だった。宝石を納めた長方形のガラスケースの端《はし》が割れて、ガラスの破《は》片《へん》が飛び散っている。軽食用のテーブルも倒《たお》れてグラスや皿が割れており、誰かがぶつかったのか壁《かべ》の絵も何枚か位置がずれていた。

「皆さん落ち着いてください！　危険ですからその場を動かないで！」

アランが叫《さけ》んでいるが、パニックになった客にはほとんど届いていないようだった。出口へ走る人、碧同様床にへたり込んでいる人、叫び続けている人——ようやく碧も我《われ》に返り、立ち上がってガラスケースに駆《か》け寄る。

ケースの前には、当然ながら警備員が立ちはだかっていた。

「ここのスタッフです。展示品が無事か確認《かくにん》させてください」

警備員に断って、アクセサリーを数える。

(よかった、全部無事だ)

盗《ぬす》まれていなかったことに、ひとまず胸を撫《な》で下ろす。人波をかき分けてやってきたアランに「宝石は無事です」と伝えると、彼はすぐに壁の絵——今回のコレクションの中でいちばん高価な作品のもとへ走っていった。

「まだ安心できないぞ。ガラスケースを割ったのは注意をそらすためかも」

いつのまにか隣《となり》に立っていたグレイソンが、ぼそっと呟《つぶや》く。

「言われてみれば確かに。展示品を全部チェックしたほうがいいですね」

言いながら辺りを見まわした碧は、真っ青な顔で床に座り込んでいる老婦人に気づいて駆け寄った。

「大丈夫ですか？　立てます？」

「ええ……いえあの、ちょっと無理かも。転んだときに足を挫《くじ》いたみたい」

「椅子《いす》を持ってきます」

展示品のチェックはアランに任せて、自分は客の対応をしたほうがよさそうだ。控《ひか》え室《しつ》から椅子を持って戻ると、グレイソンが老婦人に手を貸して助け起こしているところだった。

「ありがとう。あの、一緒に来た夫が、停電する前にお手洗いへ行ってまだ戻ってこないの。

夫は心臓が弱くて、心配だからちょっと見てきてくださる？」

「僕が見てきます」

化粧室《けしょう》は受付カウンターの横、廊下《ろうか》の先にある。廊下に年配の男性が倒れており、碧は急いで彼のそばに跪《ひざまず》いた。

「大丈夫ですか⁉　お怪我《けが》はありませんか⁉」

くり返し呼びかけるが、返事がない。そっと肩を揺《ゆ》り動かすと、先ほどの老婦人よりも更《さら》に顔色が悪く、意識を失っているようだった。

「碧？」

様子を見に来たグレイソンに、「救急車を呼んでください！」と叫ぶと同時に、碧はオフィスへAEDを取りに猛《もう》ダッシュした。


——一時間後。パトカーと野次馬《やじうま》に囲まれた〈バークレイ〉は、すっかり〝事件現場〟と化していた。

アランとともに警察の事情聴取《ちょうしゅ》を受けながら、茫然《ぼうぜん》とフロアを見まわす。

ほんの少し前まで華《はな》やかなオープニング・パーティの会場だったギャラリーに客の姿はなく、残っているのはギャラリーのスタッフと警備員のみ。先ほどケータリング会社のスタッフが引き揚《あ》げたところだ。

廊下で倒れていた男性は、AEDのおかげで一命を取り留めた。救急車が到着《とうちゃく》したときには意識を取り戻しており、速《すみ》やかに搬送《はんそう》されたので、おそらく最悪の事態は回避《かいひ》できたはずだ。

（グレイソンがいてくれてよかった……）

碧ひとりだったらAEDの操作にもっと手間取っていたに違《ちが》いない。音声ガイドがあるとはいえ、実際に使うのはかなり勇気がいる。

その点、グレイソンは迷いがなかった。あとから聞いたところによると、会社にAEDを導入する際に入念な講習を受けたのだという。

「――ええ、もちろん招待客のリストはありますけど、個人情報なのでお渡《わた》しできませんね」

アランの素っ気ない口調に、ぼんやりしていた意識が現実に引き戻される。

警察に対して、アランは木で鼻をくくったような態度を貫《つらぬ》いていた。もともと警察を嫌《きら》っている上にせっかくのパーティが台無しになったとあって、不機嫌を隠《かく》そうともしていない。

「ガラスケースを割ったのは招待客の誰《だれ》かだと思わないんですか？」

非協力的な態度には慣れているのか、警察官が淡々《たんたん》と訊《き》き返す。

「ええ、客の誰かの仕業《しわざ》だと思ってますよ。だけど何も盗まれてないし、事を荒立《あらだ》てたくないんでね。ガラスケースの破損は痛手だけど、この商売は信用第一だから」

「何者かがブレーカーを落とし、展示品を盗もうとしたのに？」

警察官の言葉に、アランが無言で肩をすくめる。

中年の警察官がため息をつき、碧のほうへ向き直った。

「停電時にガラスケースのそばにいた人を覚えてますか？」

「全員ではないですけど、何人かは」

言いながら、ちらりとアランを見やる。アランが目で「余計なことを言うな」と圧をかけてきたが、碧はアランほど警察に反感を持っていないので、素直《すなお》に覚えている数人の名前を挙げた。

「僕の記憶《きおく》より、防犯カメラのほうが確実だと思いますけど」

「我々としてもそのほうがありがたいんですが」

警察官に凝視《ぎょうし》され、今度はアランが大袈裟《おおげさ》なため息をついてみせる。

「弁護士と相談して、必要であれば提出しますよ」

アランと話しても埒《らち》があかないと思ったのだろう。警察官が碧のほうへ向き直った。

「ミズイケさん、停電時にあなたがいた場所を教えてください」

「はい、この辺りです」

ガラスの破片を避けながら、ケースのそばへ近づく。

「受付カウンターへマイクを取りに行くところで、人だかりでケースは見えませんでした」

記憶をたどりながら説明し、碧はガラスケースの前で立ち止まった。

ガラスが割れた箇所《かしょ》に展示してあるのは、十三カラットのブルーサファイアのブローチだ。十九世紀のもので、元はイギリスの貴族が所有していたと聞いている。繊細《せんさい》で古風なデザインが美しく、今夜のパーティでも注目を集めていた逸品《いっぴん》で――。

「……オーナー、このサファイア、こんな色でしたっけ？　照明のせいかもしれませんけど、なんだか色が薄いような気が……」

記憶にあるよりも安っぽく見えるのが気になり、アランに問いかける。

「なんだって？」

アランの反応は早かった。手袋《てぶくろ》を嵌《は》めてガラスの破片を振《ふ》り払《はら》い、ブローチを手に取るなり「なんてこった！」と叫ぶ。

「こいつは偽物《にせもの》だ！　くそ、何も盗まれてないと思ったが、すり替《か》えやがったのか！」

「ええ？　それは確かですか？　鑑定《かんてい》用のルーペとかで確かめたほうが」

警察官の言葉に、アランが鬼《おに》のような形相で振り返った。

「ルーペで確かめるまでもない！　一目瞭然《いちもくりょうぜん》だ！」

アランの手元を覗《のぞ》き込み、碧も思わず声を上げた。

ガラスの破片に埋《う》もれていたせいで気づかなかったが、サファイアを縁取っている銀細工の枠《わく》のデザインが明らかに違う。似たようなデザインの土台にガラスか樹脂《じゅし》のサファイアもどきを埋め込んで作った偽物だ。

「なぜ明かりが点《つ》いたときに気づかなかったんだ！　きみが宝石は無事ですと言ったんだぞ！」

「す、すみません。数だけ数えて、全部揃《そろ》っていたので……」

アランに叱責《しっせき》され、碧は首をすくめた。

アランの言うとおりだ。どうしてもっときちんと確かめなかったのだろう。あのときすぐにガラスの破片《はへん》を払えば、すり替えに気づいたのに。

「発覚を遅《おく》らせようと、すり替えたあとガラスの破片を振りかけたんでしょうな」

この場で唯一《ゆいいつ》冷静な警察官が、ケースを覗き込んで淡々と口にする。

「他《ほか》にもすり替えられたものがないか確認だ！　今すぐ！」

「はいっ！」

アランに命じられ、碧も急いで絵を確かめに駆け寄った。

血相を変えてガラスケースの中の宝石をチェックするアランに、警察官が顎《あご》を反らしながら告げる。

「さて、器物損壊《そんかい》ではなく盗難《とうなん》事件となった今、パーティの招待客リストと防犯カメラの映像を提出していただけますよね」

3

盗難事件から四日目の朝。

今日から営業を再開する〈バークレイ〉には、重苦しい空気が漂《ただよ》っていた。

事件以降アランは不機嫌《ふきげん》を煮詰《につ》めたような態度だし、警備員もずっと苦虫を嚙《か》み潰《つぶ》したような表情をしている。インターンの美大生はひどくナーバスになっていて仕事に集中できる状態ではなく、通常の事務仕事も山のような雑務も碧が片付けるしかない。

（……ま、仕方ないか。ニューヨーク中の笑い物になる大失態だったし）

開店の準備作業をしながら、碧は小さく息を吐《は》いた。

すり替えにすぐに気づかなかった件は美術業界を始めメディアや顧客《こきゃく》から非難され、解決も遠のいてしまった。あの場に客を足止めして所持品を調べれば、犯人はすぐにわかっただろう。

アランにくどくどと責め立てられ、事件直後はどん底まで落ち込んだ。

確かに自分の責任は大きい。ぱっと見ただけで、ブローチが無事だと思い込んでしまった。

『きみのせいじゃない。悪いのは盗《ぬす》んだ奴《やつ》だし、ギャラリーの責任者はアランで、最終的な責任は彼にあるんだから』

事件の翌日、警察の現場検証に協力するためにやってきたグレイソンが、そう言って慰《なぐさ》めてくれた。警察官も『誰も死ななくてよかったですよ。あなたがたのおかげで、救急搬送されたご老人も一命を取り留めたし』と励《はげ》ましてくれた。

時間が経《た》つにつれて碧も少しずつそう思えるようになってきたのだが、アランのほうは気持ちに変化はないらしい。

（ハウザー氏を怒《おこ》らせちゃったしな）

事件を知ったトーマス・ハウザー氏はたいそう立腹し、ただちに展示を中止してコレクションをすべて引き揚げると言い出した。

当然ながら保険に入っていたので金銭的なダメージはないが、盗まれたサファイアのブローチは非売品だったのだ。ハウザー氏の孫娘《まごむすめ》が気に入っており、彼女に譲《ゆず》る予定だったらしい。

今のところ犯人もブローチの行方《ゆくえ》も手がかりなし。防犯カメラの映像で停電直前にガラスケースの周囲にいた客は特定できたが、停電でカメラの映像も途切《とぎ》れてしまい、肝心《かんじん》の部分はわからずじまいだ。

（お客さんの中に怪《あや》しいと思える人もいないし……）

ケースの周辺にいたのは皆富裕《みなふゆう》層の常連で、危険を冒《おか》してまで宝石を盗むとは考えづらい。

しかもあのブローチは、宝石類の中でも特に価値が高いというわけではなかった。隣《となり》のケースに展示してあったダイヤモンドのネックレスやルビーのイヤリングのほうがずっと高価だし、換金《かんきん》するならダイヤがいちばんんだ。

（どうしてあのブローチが狙《ねら》われたんだろう）

あらかじめ模造品を用意していたことからも、犯人の目的があのブローチだったのは明白だが……。

「まったく、好き勝手に書きやがって」

アランの悪態に、パソコンのモニターを見つめたまま固まっていた碧ははっと我《われ》に返った。顔を上げると、目が合ったアランがタブロイド紙を受付カウンターに叩《たた》きつける。

「……事件のこと、何か記事になってるんですか？」

「面白《おもしろ》おかしくね。私まで疑いの目を向けられて不愉快《ふゆかい》だ」

新聞を手に取って記事に目を通すと、ギャラリーオーナーの自作自演、つまり保険金詐欺《さぎ》ではないかと書かれていた。記者がそんなことを書けば名誉毀損《めいよきそん》で訴《うった》えられるので、ネットに溢《あふ》れる無責任な意見を引用した形ではあるが。

「これはひどいですね」

アランへの同情というより記者の姿勢に対するコメントだったが、アランは同意を得られて気を良くしたらしい。事件以降ほとんど口を利《き》かなかったのに、ここぞとばかりに不満をまくし立てる。

「警察はギャラリーの経営状況《じょうきょう》からプライベートな交友関係まで根掘《ねほ》り葉掘り訊《き》いてくるし、客は客で警察に事情を訊かれたと文句を言ってくるし、ほんとにうんざりだよ。確かに今回の盗難は保険でカバーできるが、失った評判や信頼《しんらい》を考えれば大損害だ」

ひとしきりアランの愚痴《ぐち》を聞いてから、碧はさりげなく切り出した。

「オーナーは、誰《だれ》か犯人の心当たりはあるんですか？」

アランが周囲を見まわし、カウンターにもたれて声を潜《ひそ》める。

「警察にも話したんだが、私はブラックウェルが関《かか》わっているんじゃないかと思ってる」

「グレイソンが？」

驚《おどろ》いて、碧は訊き返した。

「ハウザー氏のコレクションの展示が決まったとき、真っ先にあのブローチを買いたいと言ってきたんだ。非売品だと断ったら、ハウザー氏と交渉《こうしょう》してくれないかと頼《たの》まれた。言い値で買うからと」

「そんなことが……」

グレイソンがあのブローチを買いたがっていたというのは意外だった。これまで彼が購入《こうにゅう》してきたものとはまったく趣味《しゅみ》が違《ちが》う。サファイアのブローチが欲しいなら、もっと高価なものをいくらでも買えるだろうに。

「ダメ元でハウザー氏に伝えたが、断られたよ。それでも諦《あきら》めきれない様子で、パーティでハウザー氏と会って話してみると言っていた」

パーティのとき、トーマス・ハウザー氏に会いたくて来たと言っていたのはそういうことだったのか。

「けど、停電前にグレイソンはケースのそばにはいませんでしたよ」

尻餅《しりもち》をついた直後に彼が駆《か》けつけてきたことが気になりつつ、口にする。

グレイソンがあのすり替《か》えに関わっているとは思えなかった。もし関わっていたのなら、老婦人を助け起こしたり彼女の夫を救助したりせず、速《すみ》やかにあの場を立ち去ったはずだ。それ以前に、尻餅をついた碧にわざわざ声をかけたりもしなかっただろう。

「彼が盗んだとは言ってない。ただ、何か知ってるんじゃないかと思っただけで」

含《ふく》みのある言い方に、碧は眉《まゆ》をひそめた。

共犯者がいると言いたいのだろうか。あるいは金で誰かを雇《やと》ってすり替えさせたとか？

しゃべりすぎたことに気づいてばつが悪くなったのか、アランが「わかっているだろうが、ここだけの話だ」と釘《くぎ》を刺《さ》して踵《きびす》を返す。

アランが立ち去ると、碧はハウザー氏のコレクションの資料を取り出した。何度か目を通してはいるのだが、自分の専門分野である絵画に気を取られ、宝石類については流し読みだったのだ。

サファイアのブローチのページを開き、説明文を目で追う。

十九世紀半ばにスコットランドのロックリー伯爵《はくしゃく》が、妻への贈《おく》り物としてロンドンの宝石商に注文して作らせたものであること。サファイアはミャンマー産で、ロイヤルブルーと呼ばれる深い青色であること。

ハウザー氏が入手した経緯《けいい》については、二十三年前にオークションで落札としか書かれていなかった。世界的に有名なオークションハウスで取引されたものなので、出所が怪しいとかそういったことはなさそうだ。

あとは当時の流行を取り入れたデザイン云々《うんぬん》というありきたりな紹介《しょうかい》だけで、なぜグレイソンが執着《しゅうちゃく》していたのか、ヒントは見つからなかった。

(実はグレイソンはロックリー伯爵の血筋で、先祖の思い出の品を手に入れたいと思ったとか？)

あり得なくはないが、碧が知っているグレイソンのイメージに合わない気がする。物にも人にも執着がなさそうな彼が、おじいさんだかひいおじいさんだかが持っていた物をわざわざ買い戻《もど》したいと考えるだろうか。

(だけど……僕が知っているのはほんの一部分で、グレイソンのことをよく知ってるわけじゃないしな)

パソコンに向き直り、ネットの検索窓《けんさく》に〝スコットランド　ロックリー伯爵〟と打ち込む。

検索結果の上位を占《し》めていたのは、ロックリー伯爵家の城がリゾートホテルとして開業したという五年前の記事だった。下へスクロールしていくと、観光案内や旅行ブロガーなどによるホテルの紹介記事がずらりと並んでいる。

伯爵本人がリゾートホテルを経営しているのか気になり、いちばん上の記事をクリックして目を通す。美辞麗句《びじれいく》をずらずらと並べ立てた宿泊《しゅくはく》体験記の最後に、ようやく碧が求めていた情報が現れた。

『――スコットランドのロックリー伯爵といえば、二十年前に世間を騒《さわ》がせたあの事件を思い出す向きも多いだろう。そう、当時の当主であるパトリック・フィッツロイのスキャンダルである』

祖父が始めた貿易業が成功し、パトリックも何不自由なく育ち、早逝《そうせい》した父のあとを継《つ》いで若くして三代目の社長となる。ビジネスは順調だったがパトリックにはギャンブル癖《へき》があり、次第《しだい》に会社の金に手を付けるようになっていく。放漫《ほうまん》経営がたたって会社は倒産《とうさん》、パトリックは妻子を置いて愛人と逃亡《とうぼう》。この愛人というのがイギリスで名を知られた女優だったことから、タブロイド紙を大いに賑《にぎ》わせたらしい。

開店までまだ時間があることを確認《かくにん》し、今度はパトリック・フィッツロイの名前で検索してみる。

「……っ！」

現れた顔写真に、碧は息を呑《の》んだ。

黒みを帯びた髪《かみ》に青い瞳《ひとみ》、彫刻《ちょうこく》のように整った顔立ちが、グレイソンとそっくりで――。

(これはどう見ても血縁《けつえん》関係ありだよな)

いくつかキーワードを組み替えて検索してみたが、パトリックの子供の情報にはなかなかたどり着けなかった。判明したのはパトリックの妻がアメリカ人の元モデルであること、パトリックが愛人と逃亡したとき、ひとり息子《むすこ》は十歳だったこと。

（五年前の記事だから、今三十五歳か）

グレイソンの正確な年齢《ねんれい》は知らないが、多分それくらいだ。グレイソンがそのひとり息子だとしたら、伯爵家に伝わってきたブローチを取り戻そうとする気持ちもわかる気がする。

小さく息を吐《は》いて、碧はブラウザを閉じた。

グレイソンのことは、才能と容姿に恵《めぐ》まれ、さぞかし順風満帆《じゅんぷうまんぱん》な人生を送ってきたのだろうと勝手に思い込んでいた。家業の倒産、そして父親の出奔《しゅっぽん》——十歳の子供にとって、どれほどショックだったことか。

思いがけない情報にパソコンの前で固まっていると、アランの声で現実に呼び戻された。

「店の前に野次馬《やじうま》が集まってる。盗難《とうなん》事件があったギャラリーを見物してやろうって連中だ。あんなのに居座られたら迷惑《めいわく》だから、ほとぼりが冷めるまで完全予約制にする」

立ち上がって店の外を見やると、アランの言うとおり、明らかに〈バークレイ〉の客ではない人々がガラスに顔をくっつけて中を覗《のぞ》き込んでいる。

「はい……ええと、予約は電話とメールで受付しますか？」

碧の質問に、アランが苛立《いらだ》ったように手を振《ふ》った。

「予約制ってのは表向きだよ。顔馴染《かおなじ》みの顧客《こきゃく》だけ通すってことだ。警備員と一緒《いっしょ》にエントランスで客を選別してくれ。野次馬が何を言おうが無視していい。しつこいようなら警察を呼ぶ」

「わかりました」

大変な一日になりそうだ。

早く騒ぎが収まって日常が戻ってくれることを願いつつ、碧は〝完全予約制〟の貼《は》り紙《がみ》作りに取りかかった。


「――申し訳ありませんが、お話しできることは何もないんです。捜査《そうさ》中の案件については口外しないよう警察から言われてますので」

今日一日でいったい何度このセリフをくり返したことだろう。電話の向こうで相手はなおも食い下がろうとしたが、「失礼いたします」と碧は通話を切った。

開店前に予想していたとおり、いや、それ以上に目のまわるような忙《いそが》しさだった。野次馬の排除《はいじょ》だけでもひと苦労なのに、メディアの取材依頼《いらい》、顧客からの問い合わせや苦情の電話がひっきりなしにかかってくる。留守電に切り替えて無視したいところだが、現在取引進行中の案件もあるのでそういうわけにもいかない。

(早く終業時間になってくれ……)

時計を見ると、閉店までまだ一時間以上ある。アランに催促《さいそく》された書類仕事を少しでも進めようと、碧はパソコンに向き直った。

しかし五分もしないうちに警備員に通された客が現れ、急いで営業モードに切り替えて出迎《でむか》える。

「いらっしゃいませ」

現れたのは、グレイソンだった。

「やあ。今日から再開と聞いて、気になって寄ってみたんだ」

そう言って微笑《ほほえ》んだ彼の顔が、ロックリー伯爵ことパトリック・フィッツロイの写真を思い出させてどきりとする。グレイソンが公《おおやけ》にしていない出自を勝手に探《さぐ》ってしまったことへの罪悪感が込み上げてきて、碧は視線を泳がせた。

「ご覧のとおり、事件の後始末でバタバタしてて……。ああ、いいニュースがひとつだけ。パーティのときに救急搬送《はんそう》されたかたは無事退院されたそうです。奥さまからお電話いただいて、あなたにもくれぐれもよろしくと伝言を頼《たの》まれました」

「そうか、それはよかった。AEDの講習を受けた甲斐《かい》があったよ」

「あとは悪いニュースばかりですね。報道されているとおり、犯人もブローチの行方《ゆくえ》も不明。ハウザー氏がコレクションをすべて引き揚《あ》げ、ギャラリーにはメディアの取材と野次馬が押し寄せて、スタッフはてんてこ舞《ま》いです」

なんとなく居心地《いごこち》が悪くてまくし立てていると、グレイソンが首を傾《かし》げるようにして顔を覗き込んできた。

「確かに疲《つか》れた顔をしている。ランチは食べた？」

「……ええ」

昼の休憩《きゅうけい》は十五分ほどしか取れず、バゲットサンドをコーヒーで流し込むようにして食べた。それも半分だけで、残りは三時の休憩時に食べるつもりだったが、結局休憩は取れずじまいだ。

「さすがに残業はないんだろう？　よかったら一緒に」

グレイソンが何か言いかけたところで、アランがわざとらしい作り笑顔《えがお》で近づいてきた。

「これはブラックウェルさま、いらっしゃいませ」

「こんにちは」

グレイソンも笑みを浮《う》かべて応じる。

「ご覧のとおりバタバタしてましして。お客さまにはご迷惑をおかけしております」

「いえ、こちらこそ忙しいときにすみません。早く解決するといいですね」

「ええ、そろそろ犯人が捕《つか》まってもいい頃《ころ》ですよね」

ふたりの会話を、碧は内心冷や冷やしつつ見守った。

アランの態度の変化に、グレイソンが気づかないはずがない。これまでは上得意の彼に媚《こ》びていたのに、明らかに慇懃《いんぎん》無礼な態度を取っている。

ブローチを買いたがっていた件は警察からも追及《ついきゅう》されているだろうし、グレイソンもアランに疑いの目で見られていることは承知の上だろう。

疑われていると知りながらわざわざギャラリーに来たのは、潔白をアピールするためか、それともアランへの意趣返《いしゅがえ》しか。

「あ、そうそう、ルピタの新作の件でご連絡《れんらく》しようと思ってたんです」

不穏《ふおん》な空気をかき消そうと、碧は思い出したように口にした。しかしグレイソンが振り返ったところで、ギャラリーの固定電話とアランの携帯《けいたい》電話が同時に鳴り始める。

「すみません、ちょっと失礼します」

「ああ、ルピタの件はまた後日」

急いで電話に出ると、またしても取材依頼だった。ニュースブログの運営者だという男性の自己紹介《しょうかい》をひとしきり聞かされ、話が途切《とぎ》れた隙《すき》に「お話しできることは何もありません」と素っ気なく言って通話を切る。

顔を上げると、グレイソンの姿はなかった。

ほっとしつつ、先ほど彼が言いかけた言葉がよみがえる。話の流れ的に、食事の誘《さそ》いだったような気がするが……。

（僕が疲れ切った顔してるから、心配して言ってくれたんだろうけど）

もし本当に誘われたとしても、碧は断るしかない。〈バークレイ〉ではスタッフと客の個人的な付き合いが禁じられている。

つまりグレイソンとはギャラリー内で仕事の会話しかできないわけだが、例のブローチの話を本人に訊《き》いてみたい気持ちもあった。

(僕が訊いてどうなるわけじゃないし、多分はぐらかされるだろうけど)

書類の作成に戻《もど》ろうとしたところで、再び電話が鳴り始める。

ため息をつきつつ、碧は閉店まで頭から雑念を振り払《はら》って仕事に集中することにした。

4

五月の爽《さわ》やかな風が、ビルの谷間を通りすぎていく。

地下鉄の駅から地上に出た碧は、街路樹の新緑に目を細めた。

出勤のために道を急ぐ人々、うんざりするような渋滞《じゅうたい》、どこからか聞こえてくるサイレンの音——何もかもが、いつもどおりのマンハッタンだ。

サファイアの盗難事件から十日経《た》ち、ありがたいことに世間の関心はすっかり薄《うす》れていた。

次から次へと新たな事件が起きるニューヨークでは、さほど高価でない宝石の盗難などすぐに忘れ去られてしまう。

（ただし、当事者を除いてだけど）

前方から歩いてくる人を巧《たく》みに避《よ》けつつ、〈バークレイ〉へと急ぐ。始業時間までまだ一時間ほどあるが、早めに行って引き継《つ》ぎの準備に取りかかりたい。

——昨日、アランから契約満了《けいやくまんりょう》後の更新《こうしん》はしないと告げられた。

予想はしていたし、碧としても〈バークレイ〉で働き続けたいとは思っていない。アランがお気に入りのインターンの美大生を雇《やと》いたがっていることは知っていたし、例の事件の際に自分がかなり心証を悪くしてしまったのもわかっている。

〈バークレイ〉に未練はないが、早急《さっきゅう》に次の仕事を探さなくてはならない事態に、焦燥《しょうそう》と不安がどっと押し寄せてきた。

（家賃が問題なんだよな。通帳に残高があるうちに仕事見つけないと）

美術関係の仕事に就《つ》けるまで繋《つな》ぎでアルバイトをするつもりだが、アルバイトの給料ではニューヨークでの生活は厳しい。期限を決めて、いついつまでに就職が決まらなければ美術教師になると腹をくくったほうがよさそうだ。

その場合、家賃の安い郊外《こうがい》か別の町に引っ越《こ》すことになる。どうしてもニューヨークに住み続けたいわけではないが、離《はな》れることに名残惜《なごりお》しさもあり……。

（ああ、また頭の中が堂々巡《どうどうめぐ》り）

今後のことをあれこれ考えて、昨夜はなかなか寝《ね》つけなかった。ようやく眠《ねむ》りに落ちてからも、暗闇《くらやみ》をさまよっているような怖《こわ》い夢にうなされた。

寝不足の頭と体には濃《こ》いめのコーヒーが必要だと判断し、碧は〈バークレイ〉の前を通り過ぎてワンブロック先のコーヒーショップへ向かった。

自家焙煎《ばいせん》のコーヒーがとびきり美味《おい》しい、お気に入りの店だ。けれど毎日通うには値段が高く、何か特別なことがあったときだけ来ることにしている。

(今日は乱れた心を鎮《しず》めるためって感じかな)

ガラス張りのドアを開けて店に入ると、さっそく芳《かぐわ》しい香《かお》りが鼻孔《びこう》をくすぐった。カウンターでエスプレッソをオーダーし、カップを受け取って客席へ向かう。

通りを見渡《みわた》せる窓際《まどぎわ》のカウンターは満席だった。テーブル席もほぼ埋《う》まっており、テイクアウトにすればよかったと後悔《こうかい》したそのとき。

「碧」

ふいに名前を呼ばれ、驚《おどろ》いて顔を上げる。

奥まった隅《すみ》の席から手を振《ふ》っているのは、グレイソンだった。

(う……ちょっと気まずいな)

しかし他《ほか》に空いている席はない。当たり障《さわ》りのない会話でやり過ごそうと、碧は笑顔を作って隅の席へ向かった。

「おはようございます。相席させてもらっていいですか?」

「もちろん」

グレイソンがテーブルの上に広げていたノートパソコンを畳《たた》んでバッグにしまい、場所を空けてくれた。

「偶然《ぐうぜん》ですね」

言いながら、グレイソンの向かいの席に座る。

「きみが前にこの店のコーヒーが美味しいって言ってただろう。俺も気に入って、ちょくちょく通ってるんだ」

「そうだったんですか」

グレイソンにこの店の話をした記憶《きおく》はない。少し考えて、以前グレイソンの連れの女性にこの辺りでおすすめのコーヒーショップはないかと訊かれ、この店を教えたことを思い出す。

彼女がギャラリーに来たのはあのときの一回きりで、この店のコーヒーを気に入ったかどうか今となっては知るよしもない。けれどグレイソンが常連になっていたのなら、紹介した甲斐《かい》があったということだ。

「例の件、何か進展はあった?」

グレイソンの質問に、小さく首を横に振る。

「そうか。報道もぱったり途切れたし、多分捜査《そうさ》が難航してるんだろうなとは思ってたけど」

「ええ、警察も忙《いそが》しいから、この件にかかりっきりってわけにもいかないでしょうし」

視線をそらし、碧は曖昧《あいまい》に微笑《ほほえ》んだ。

――実はここ数日、水面下でかなり進展があった。けれど警察から口外しないよう言われているので、話すわけにはいかない。

(もしかしたらグレイソンも関《かか》わってるかもしれないし)

ギャラリー従業員の自分にそれとなく捜査の進展を訊くなんて、犯罪ドラマなら「この人怪《あや》しい」と思ってしまう言動だ。そう考えると、自分の行きつけのコーヒーショップにいたことまで怪しく思えてきた。

(……いや、考えすぎだ。グレイソンなら、従業員に探《さぐ》りを入れるよりもっと確実なツテがあるだろうし)

邪念《じゃねん》を振り払い、エスプレッソに口をつける。

警察の聞き込みで、あの晩ギャラリーの従業員通用口付近を自転車に乗った男性がうろうろしていたことが判明した。通用口の防犯カメラはスプレーをかけられて映っていなかったが、近隣《きんりん》の店のカメラや交通監視《かんし》システムを調べたところ、野球帽《ぼう》を目深《まぶか》に被《かぶ》った男性が通用口で何かを受け取って自転車で走り去るのが映っていたらしい。

夜の暗さに加えて帽子に眼鏡、顔の下半分を覆《おお》う濃い髭《ひげ》で顔の判別が難しく、防犯カメラをたどって逃走《とうそう》経路を追ったものの、セントラルパーク辺りで見失って行方《ゆくえ》はわからず。

通用口で男に何かを手渡した人物のほうは、カメラにはまったく映っていなかった。碧も映像を見せてもらったが、ドアが細く開いて何か受け渡しをしているらしいところがぼんやりと映っていただけだった。

当然ながら、警察はあの晩パーティに出席していた人物をすべて調べ上げた。その結果、ケータリング会社から派遣《はけん》されていたウェイターのひとりが事件後無断欠勤していることがわかり、自宅へ急行。しかし会社に登録されていた住所はでたらめで、身分証も偽物《にせもの》だった。

パーティの招待客から写真や動画をかき集めたが、あいにくその人物は後ろ姿しか映っておらず、人相はケータリング会社の上司や同僚《どうりょう》の証言のみ。碧も警察が作成したモンタージュを見せられたが、まったく記憶になかった。

パーティには毎回何人かウェイターとウェイトレスが派遣され、入れ替《か》わりが激しいのでいちいち顔や名前まで覚えていない。アランやインターンの美大生も覚えておらず、ウェイター仲間からも身元に繋がるような証言は得られなかった。

碧が聞いているのはそこまでだ。偽ウェイターと自転車の男が実行犯なのは明白だが、ふたりだけなのか、あるいは他にも仲間がいるのか――。

(なんとなくだけど、担当の刑事《けいじ》さんは黒幕は他にいるって考えてる気がする)

ちらりと向かいの席のグレイソンを盗《ぬす》み見る。

さほど価値のない古いブローチ。それをわざわざ交渉《こうしょう》してまで買いたがっていた人物。

しかも犯行現場のパーティ会場に居合わせたとなれば、警察がグレイソンに疑いの目を向けるのも当然の成り行きだろう。

「何？」

碧の視線に気づいたのか、グレイソンがやわらかく微笑む。

「え？　いえ、なんでもありません」

慌《あわ》てて目をそらして、碧はカップに残っていたコーヒーを飲み干した。

「すみません、僕もう行かなきゃ。早めに出勤してやらなきゃいけないことがあるんです」

「ちょっと待って」

席を立とうとしたところで呼び止められ、仕方なく椅子《いす》に掛け直す。

碧の目をじっと見つめてから、グレイソンが穏《おだ》やかな口調で切り出した。

「このところきみに避《さ》けられてる気がするんだけど、気のせいかな？」

グレイソンのセリフに、碧はぎくりとした。

——そうだ。自分はグレイソンの秘密を知って以来、無意識に彼を避けている。

ブローチの盗難《とうなん》に関わっているのではないかという疑念がどうしても拭《ぬぐ》えず、ギャラリーに来たグレイソンに対してぎこちない態度になってしまい……。

「そんなことはありません。事件のせいで、ちょっと気持ちが落ち着かなくて」

「じゃあ食事につき合ってくれる？」

思いがけない申し出に、碧は目をぱちくりさせた。

「どうして僕を？　あなたなら一緒《いっしょ》に食事をするご友人がたくさんいらっしゃるでしょう？」

「そういう上辺だけのつき合いはやめたんだ。自分がいかに時間を無駄《むだ》にしていたかよくわかったよ。ただ、ひとりで飯を食うのも飽《あ》きてきてね。きみとなら楽しく過ごせそうだし」

断りの言葉を口にしかけて、碧はふと思いとどまった。

顧客《こきゃく》と個人的に会うことは禁じられているが、アランから契約《けいやく》の更新《こうしん》はしないと告げられたばかりだ。

今断ったら、グレイソンと食事する機会なんて二度とやってこない。

それに、ブローチの件について本人に訊《き》いてみたい気持ちもあった。

「……ではお言葉に甘えて」

「よかった。さっそくだけど、今夜はどう？」

「ええ、八時頃《ごろ》には上がれると思います」

「決まりだ。詳細《しょうさい》はメールするよ」

グレイソンがスマホを取り出したので、碧は「ギャラリーの僕のアドレス宛《あて》にお願いします」とかわした。

さすがにプライベートのアドレスを交換《こうかん》するのは抵抗《ていこう》がある。〈バークレイ〉を辞《や》めたらグレイソンとの繋《つな》がりは完全になくなるし、個人的な番号やアドレスは必要ないだろう。

向かった。

「じゃあ僕、そろそろ失礼しますね」

「ああ、またあとで」

席を立ち、カップを返却口《へんきゃくぐち》に置いて店を出る。通りに出ると、碧は早足で〈バークレイ〉へ向かった。

エスプレッソの効果は絶大だった。さっきまでどんよりしていた頭と体がしゃきっと目覚め、気力が漲《みなぎ》り始めている。

なぜか心臓もどきどきしているが、一応まだ契約期間が残っているのに規則を破ったせいだろうか。

けれど後ろめたさや罪悪感はなく、全身を包んでいるのはふわふわするような高揚感《こうようかん》だ。

グレイソンと食事の約束をしてしまった。グレイソンにとっては単なる退屈《たいくつ》しのぎだとわかっているのに、なんだかデートの約束のようで……。

(深い意味なんかない。気軽に食事と会話を楽しめばいいんだ)

頭の中でちらちら点滅《てんめつ》するデートという文字を振《ふ》り払《はら》い、碧は〈バークレイ〉の通用口の暗証番号を押した。

退勤後、ギャラリーの近くまで車で迎《むか》えに来てくれたグレイソンが向かった先は、セントラルパークを見下ろすビルの上層階にある〝超《ちょう》〟のつく高級フレンチレストランだった。

名前を聞いたことはあっても、自分には一生縁《えん》がないと思っていた店だ。しかも通されたのは個室で、マンハッタンの夜景、テーブルで揺《ゆ》らめくキャンドルの炎《ほのお》、美しく活《い》けられた蘭《らん》の花——とびきりロマンティックなムードにたじたじとなってしまう。

「もっと庶民《しょみん》的な店でよかったのに」

案内してくれたウェイターが立ち去ってから、小声でぼそっと告げる。

仕事帰りなのでスーツにネクタイ姿だが、こういう店に来るとわかっていたら、普段《ふだん》用ではなくちょっと奮発して買ったよそ行き用のスーツを着てきたのに。

「ここの料理はどれもすごく美味《うま》いんだ。デザートも絶品でね。きみ、前にクレープシュゼットが好きだと言ってただろう？」

そういえば美術館の話題になったとき、学生時代にヨーロッパの美術館巡《めぐ》りの貧乏《びんぼう》旅行をした話をしたことがあった。雑談のついでに、ついぽろっとフランスで食べたクレープシュゼットの味が忘れられないと言ったような気がする。

グレイソンが覚えていたのが驚《おどろ》きだ。そして、わざわざクレープシュゼットのある店に連れてきてくれたことも。

（こういうところが、もてる秘訣《ひけつ》なんだろうな）

グレイソンなら黙《だま》って突《つ》っ立っているだけでも充分《じゅうぶん》もてもてだろう。そんな彼がこのような気遣《きづか》いを見せてくれたら、女性はあっというまに恋《こい》に落ちるに違《ちが》いない。

「コースでいいかな？　何か苦手なものは？」

「ええと……はい、コースの中には苦手なものはありません」

急いでメニューに並んだ文字を目で追って、顔を上げる。

「じゃあコースにしよう。ワインでいいかな？」

「はい、あんまり飲めないので軽く一杯《ぱい》だけ」

緊張《きんちょう》しつつ始まったディナーだったが、前菜を食べ終える頃には碧は自分がすっかりリラックスしていることに気づいた。

会話が弾《はず》まず気まずい空気になるのではと心配していたが、蓋《ふた》を開けてみれば最近見た展覧会や美術館の話題から今朝会ったコーヒーショップの新作ドーナツの話まで、グレイソンとの会話のネタは尽《つ》きることがなかった。

ふたりとも口数が多いほうではないが、無口でもない。会話のキャッチボールのゆったりしたペースが心地《ここち》よく、一杯だけのつもりだった赤ワインがついつい進んでしまう。

そしてグレイソンの言ったとおり、料理はどれも絶品だった。味だけでなく盛りつけも洗練されており、色味や配置のバランスがまるでアートのようだ。

自分が女性だったら、今夜は交際の始まりだと感じたのだろうな、と思う。一般的に、男性はなんとも思っていない女性をこのようなロマンティックなレストランの個室に連れてきたりしない。

（僕が女性だったら、このあとグレイソンとどうこうなるかもしれない期待とか不安で、おちおち食事も楽しめなかったんだろうけど）

自分はグレイソンの恋愛《れんあい》対象外だとわかっているので、その点は気が楽だ。

それとも、グレイソンの下心を警戒《けいかい》したほうがいいのだろうか。

（いやまさか。ちょっと考えすぎ）

向かいの席から青い瞳《ひとみ》にじっと見つめられ、碧は心の中で「あり得ない」とくり返した。

ふたりきりのロマンティックなディナーというシチュエーションが、調子を狂《くる》わせているのだ。あるいは、ワインを飲み過ぎて頭がふわふわしているせいか。

（グレイソンとふたりきりで、仕事抜《ぬ》きで話せるチャンスはこれが最後だ）

心地よい酩酊《めいてい》と高揚感の勢いに任せ、碧は思い切って気になっていたことを訊いてみることにした。ニューヨークのアート事情の話題が一段落したところで、居住まいを正す。

「あの、あなたに訊きたいことがあるんです」

「何？」

「答えたくなかったらスルーしていただいて結構です。僕も、こんなことを訊くのは失礼だと重々承知してますので」

前置きに必死になっていると、グレイソンがにっこりと微笑《ほほえ》んだ。

「きみは正直だな。失礼を承知の上で質問をする場合は、前置きなしで不意打ちを食《く》らわせたほうがいい。相手に心の準備をする暇《ひま》を与《あた》えず反応を見ることができるからね」

「……なるほど、今後はそのようにします」

神妙《しんみよう》な面持《おも》ちで頷《うなず》くと、グレイソンが声を立てて笑った。

朗《ほが》らかなその笑い声に背中を押され、言葉を選びつつ切り出す。

「例の盗難《とうなん》事件、なぜあのブローチだけ盗《ぬす》まれたのか気になって調べてみたんです。それで、元はイギリスの貴族が所有していたことがわかって」

キャンドルの炎が揺らめき、グレイソンの顔に陰影《いんえい》を作り出す。内心どう思っているかわからないが、少なくとも表面上は穏《おだ》やかな笑《え》みを保っていた。

「持ち主だったスコットランドのロックリー伯爵《はくしやく》を検索《けんさく》すると、伯爵家が家宝を手放すことになった経緯《けいい》がわかりました。そして当時の当主、パトリック・フィッツロイ氏の写真も」

名前を口にしても、グレイソンの表情はまったく変わらなかった。

自分の勘違《かんちが》いだろうかと青ざめかけたところで、グレイソンがふっと小さく息を吐《は》く。

「きみの想像どおりだよ。パトリック・フィッツロイは俺の父親だ。ネットに書かれているとおり、没落《ぼつらく》して一家離散《りさん》。父は愛人と逃亡《とうぼう》し、以来俺は母方の姓《せい》を名乗っている」

「すみません、話したくなければ……」

「いや、いいんだ。別に隠《かく》してるわけじゃない。自分から言わないだけでね」

言いながら、グレイソンが視線を宙にさまよわせる。

取り繕《つくろ》っていない、無防備な表情だ。グレイソンのそんな顔を見たのは初めてで、なぜか心臓がどくんと大きく脈打つ。

「アランから聞いてるかな？　俺があのブローチを買いたがってたって話」

「ええ、聞きました」

「警察にも根掘《ねほ》り葉掘り訊《き》かれたよ。あのブローチは母のお気に入りだったんだ」

「失礼します。デザートのクレープシュゼットをお作りします」

コンロを載《の》せたワゴンが運ばれてきて、会話をしばし中断する。

シェフが目の前でフランベしてくれるサービスは、こんな場合でなければ心から楽しめただろう。シェフの手さばきに感嘆《かんたん》しつつ、ちらりと向かいの席に視線を向ける。

「いい匂《にお》いだ」

「ええ、本当に」

マンハッタンの高級店だけあって、熱々のクレープシュゼットは期待していた以上の味だった。オレンジの香《かお》りが、碧がフランスの庶民的な店で食べたものとは比べものにならないほど芳《かぐわ》しい。

（こんなの食べちゃったら、もうその辺のクレープシュゼットじゃ満足できなくなりそう）

とびきりのクレープシュゼットに集中したくて、碧は頭から雑念を追い払った。ひとくちひとくち丹念《たんねん》に味わい、皿を空にしてから視線を上げる。

「すごく美味《おい》しかったです。これは本当に絶品ですね」

「よかった。きみか美味しそうに食べるところが見られて俺も満足だ」

「なんですか、それ」

くすくす笑って碧はディナーの最後のコーヒーに手を伸《の》ばした。

「さっきの話の続きだけど」

コーヒーをひとくち飲んで、グレイソンが切り出す。

「まあそんなわけで、父がいなくなったあと、俺は母とロンドン郊外《こうがい》のアパートで暮らすことになった。母はブティックの販売員《はんばいい》になって俺を育ててくれたが、俺が大学に進学した年に事故であっけなく亡くなってね。自分の将来に悩《なや》んでいたこともあって、誰《だれ》も俺のことを知らない土地に行きたくなって、大学を中退してアメリカに渡《わた》ったんだ」

「あなたがイギリスの出身だって全然気づきませんでした。たいてい言葉のアクセントでわかるのに」

「イギリス出身だってことを周囲に知られたくなくて、徹底的《てってい》に直したんだ。今思えばそこまで躍起《やっき》にならなくてもって思うんだが、当時は別の人間に生まれ変わりたくて必死だった」

ひと呼吸置いてから、グレイソンがぼそっと「自分のことを恥《は》じていたんだと思う」と付け加える。

「父のスキャンダルも、広大な城から狭《せま》いアパート暮らしになったことも、十代の頃《ころ》の俺は恥ずかしくてたまらなかった。転校先で俺があのロックリー伯爵の息子《むすこ》だと知れ渡って、散々からかわれたしね」

少年時代のグレイソンがどれほど傷ついたことか、想像しただけで碧は胸が痛んだ。その気持ちが顔に出てしまったのか、グレイソンが「全部過ぎたことだ」とやわらかく微笑む。

「けどまあ、俺の中に過去への執着《しゅうちゃく》もあったんだろうな。運良くビジネスが成功して、最初に買ったのは故郷の城だし」

「それって……あなたが生まれ育った？」

「そう。人手に渡ってリゾートホテルになってたよ。父は遊び歩いてほとんど帰ってこなかったし、両親は顔を合わせれば喧嘩《けんか》ばかりで、あまりいい思い出はないんだけどね。もう一度住みたいとはまったく思わないが、自分の管理下に置いておきたくて」

視線を宙にさまよわせ、グレイソンがふっと笑みを浮《う》かべた。

「その後、散逸《さんいつ》した美術品を買い戻《もど》してるんだが、正直これをやって何になるんだろうという気持ちもある。例のサファイアのブローチも、今となってはなぜあんなに執着してしまったのかわからないんだ。必死になって買い戻したって、あれを気に入っていた母はもういないのに」

碧の目に映るグレイソンは、いつも堂々と振《ふ》る舞《ま》う自信満々のエリートビジネスマンだった。

そんな彼が見せた途方《とほう》に暮れた子供のような表情に、碧の心も大きくざわめく。

「……無意味ではないと思います。もともとあなたの家のコレクションだったんですから。今は意味がないように思えても、いつか買い戻してよかったと思える日が来るかも」

気の利《き》いた言葉が出てこなくてもどかしい。碧の言葉が届いたかどうかわからないが、グレイソンが「ああ、そうだな」と相槌《あいづち》を打った。

「少なくとも、スポーツカーやヨットを買うよりは意味があるかな。勧《すす》められるままに買ってみたものの、持て余すばかりで結局全部手放したから。それに、コレクションを買い戻すために足繁《あししげ》くギャラリーに通うようになって、新たな出会いや発見もあったし」

じっと見つめられ、どきりとする。

グレイソンが、「現代アートとの出会いだよ」と悪戯《いたずら》っぽく笑った。

「家にあった古い美術品にはあまり興味がなかったんだが、現代アートには強く引きつけられた。いろいろ見てまわるうちに自分の中の好みがはっきりしてきて、なぜこの作品には惹《ひ》かれてこの作品には惹かれないのか、なぜこの作品には不安をかき立てられるのか、自分の新たな一面を知ることができるのが面白《おもしろ》くてね」

「あ、それすごくわかります！　思いがけない作品に引き寄せられて、こういう作品が好きな自分にちょっと驚《おどろ》いてしまったり」

「そうそう、初めて見たときうっすら嫌悪《けんお》感《かん》を覚えた作品があって、けど頭の中にずっと居座り続けるものだから、結局買ってしまったことがあるよ。自分の中の醜《みにく》い部分を突《つ》きつけられる気分になるんだが、だからこそときどき眺《なが》めて自分を省《かえり》みることにしてる」

グレイソンの言葉に、碧は深々と頷《うなず》いた。

「作品との対話。現代アートの醍醐味《だいごみ》ですよね」

「わかってくれて嬉《うれ》しいよ。前にデートで現代アートの美術館へ行ったとき、気持ち悪い作品ばかりだ、こんなのが好きな人の気が知れないと言われたことがあってね。気持ち悪い作品と向き合ったときに生じる感情について考えたり、それを面白いと感じられる人と一緒《いっしょ》に鑑賞《かんしょう》したいと思ったんだ」

デートという単語、一緒に鑑賞したいという言葉、そしてグレイソンの熱っぽい眼差《まなざ》しに、頭の中で警報が鳴り響《ひび》く。

（もしかして誘《さそ》われてる？）

グレイソンは魅力《みりょく》的だ。浮《うわ》ついた遊び人だと思っていたが、実は苦労人で成功した今も心に空洞《くうどう》を抱《かか》えていると知って印象が変わったし、全然タイプじゃないと思っていた彼に惹かれつつあることは認めざるを得ない。

けれど自分とグレイソンでは住む世界が違《ちが》いすぎるし、自分はカジュアルなつき合いができるほど器用ではない。

本気になったら傷つくのは目に見えている。

内心の動揺《どうよう》を押し隠し、碧は事務的な笑《え》みを浮かべた。

「またぜひギャラリーにいらしてください。近々カナダの新進アーティストの作品を取り扱《あつか》う予定なんです」

テーブルの向こうで、グレイソンも小さく微笑《ほほえ》む。

「ああ、ぜひ」

見つめる眼差しは熱を湛《たた》えたままだったが、碧は気づかないふりをしてやり過ごすことにした。

5

「お待たせしました。ソイラテ、デカフェ、アイスアメリカーノです」

若い女性三人組のテーブルにカップとグラスを順に置いて、「他《ほか》にご注文は?」と型どおりのセリフを口にする。

「えっと、ブルーベリーマフィンをひとつ、それとシナモンドーナツをふたつ追加で」

「かしこまりました」

笑顔で頷いて、碧は踵《きびす》を返した。

――〈バークレイ〉での勤務が終了《しゅうりょう》して二週間。就職活動と並行《へいこう》してアパートの近くのカフェでアルバイトを始め、今日で一週間。

学生時代に似たようなカフェでバイトしていた経験があるので、仕事はすぐに覚えることができた。超多忙《ちょうたぼう》というわけでもなく、時給も悪くないので概《おおむ》ね満足している。ただし店長がスタッフに対して少々威圧《いあつ》的なこと、同僚《どうりょう》のひとりが気分にムラがある点が、いずれ不満に発展する予感はあるが。

(長く勤めるつもりはないからいいんだけどさ)

追加注文のマフィンとドーナツを運び、新たな客のオーダーを取り、コーヒーマシンを操作する。

手際《てぎわ》よく業務をこなしつつ、頭の中は先週落ちた面接のことでいっぱいだった。

老舗《しにせ》オークションハウスのアシスタントという仕事内容も条件もいい仕事だったが、落ちてしまったものは仕方がない。それはわかっているのだが、面接に落ち続けていると気も滅入《めい》ってくる。

アート系に限定しなければ職はすぐに見つかるだろう。実際とあるギャラリーの面接を受けた際、オーナーから系列の不動産会社なら採用できると言われた。給料や待遇《たいぐう》がいいので心が揺《ゆ》れたが、家を売る仕事をしている自分が想像できなくて、結局辞退した。

(早まっちゃったかな。カフェのバイトで食いつなぐより、一時的にでも不動産会社で働くほ

うがよかったかも）

考え出すとキリがない。頭から雑念を振り払《はら》って、碧は店の前のテラス席へ向かった。

空になったグラスをトレイに載《の》せ、テーブルを拭《ふ》いていると、ふいに日差しが遮《さえぎ》られる。

「やあ碧」

「……っ!?」

顔を上げると、グレイソンがにっこりと微笑んでいた。

なぜここに彼がいるのか、理解が追いつかなくて固まってしまう。

――一緒にディナーに行った夜、別れ際にグレイソンに『今夜はとても楽しかった。また誘ってもいいかな』と言われた。

楽しかったのは碧も同じだった。けどギャラリーの仕事が終われば接点がなくなるし、次はないだろうと思いつつ、『ええ、庶民《しよみん》的なお店なら』と無難に答え――。

「ずいぶん捜《さが》したよ。〈バークレイ〉は個人情報の保護を盾《たて》にきみの住所を教えてくれないしね。どうしてギャラリーを辞《や》めるって話してくれなかったんだ」

「それは……」

返答に困って、碧は視線をさまよわせた。

なんとも思っていない相手だったら、気軽に「近々ギャラリーを退職します」と伝えていただろう。実際、懇意《こんい》にしていた顧客《こきやく》には退職の挨拶《あいさつ》をした。

グレイソンに言わなかったのは、これ以上親密になるのが怖《こわ》かったからだ。〈バークレイ〉を辞めると言えば、グレイソンに連絡《れんらく》先を尋《たず》ねられる。これまではギャラリーのスタッフと客という関係でしかなかったのが、個人的な繋《つな》がりになってしまう。

あのディナーの夜、碧はしみじみ実感した。これ以上グレイソンに近づくのは危険だ、と。

どう答えるか言葉を探していると、店のドアが開いて店長に手招きされた。

「すみません、レジが混《こ》んできたから戻《もど》らないと」

「仕事は何時まで？」

「四時です」

「じゃあ四時にもう一度来る」

言い置いて、グレイソンが踵を返す。

グレイソンの背中を目で追って、碧はそのとき初めて店の向かいに運転手付きの黒塗《くろぬ》りの車が停《と》まっていることに気づいた。

多忙なグレイソンがわざわざ時間を割《さ》いて訪ねてきたことに、肌《はだ》がじわっと熱くなるような感情が込み上げてくる。

「碧！」

「はいっ！」

店長に呼ばれ、慌《あわ》てて碧は店内へ急いだ。

シフトは四時までだが、午後から来るはずだった同僚が欠勤し、人手が足りなくて三十分ほど残業する羽目になってしまった。グレイソンに連絡することもできず、焦《あせ》りながらどうにか仕事を終わらせ、急いで着替《きが》えてロッカールームを出たのが四時四十三分。

店を出て辺りを見まわすと、少し離《はな》れた場所に黒塗りの車が停まっていた。

後部座席のウィンドウが下りて、サングラスをかけたグレイソンが軽く手を挙げる。車に駆《か》け寄ると、何度か顔を合わせたことのある運転手が恭《うやうや》しげに後部座席のドアを開けてくれた。

「遅《おそ》くなってすみません」

「いや、俺も渋滞《じゅうたい》にはまって、さっき着いたところだ」

言いながら、グレイソンが膝《ひざ》に置いたノートパソコンをぱたんと閉じる。

渋滞で遅《おく》れたというのは嘘《うそ》だろう。グレイソンの両脇《りょうわき》には書類が散乱しており、彼がここでしばらく仕事をしていたことが窺《うかが》える。

「歩きながら話そう。きみのアパート、この近くだろう？　送っていくよ」

「え？　ええ……」

住所を教えた覚えはないが、考えてみたらバイト先を突《つ》きとめられたということはその他の個人情報も把握《はあく》済みなのだろう。

碧の怪訝《けげん》そうな表情に気づいたのか、車から降り立ったグレイソンが神妙《しんみょう》な面持《おもも》ちで「勝手に調べてすまない」と口にした。

「構いません。あなたが悪用するとは思えないし」

「信用してくれてありがとう。どこか店に行こうと思ったんだが、このあと会議があるんで、悪いね」

「いえ、全然」

アパートまでの見慣れた道を、グレイソンと肩《かた》を並べて歩く。日常の風景に彼がいるのが不思議で、なんだか現実感がなかった。

「立ち入ったことを訊《き》くが、次の仕事はもう決まってるのか？」

グレイソンの質問に、軽く肩をすくめる。

「就職活動中です」

「やっぱりアート関連の仕事に就《つ》きたいと思ってる？」

「ええ」

頷《うなず》くと、街路樹の木陰《こかげ》でグレイソンが立ち止まり、こちらへ向き直った。

「実はうちの会社で美術品を扱《あつか》う部門を新設したんだ。前々からアート界に何か貢献《こうけん》したいと思っていて、手始めにアートに限定したオークションサイトを開設した。知ってるかな、〈美術品保管庫〉っていうサイトなんだが」

驚《おどろ》いて、碧はグレイソンの顔を見上げた。

「知ってます……！　あのサイト、あなたの会社の事業だったんですね」

数ヶ月前にオープンした〈美術品保管庫〉は、従来のネットオークションでは埋《う》もれがちだった無名作家のアート作品にスポットを当てたサイトだ。専門知識のあるスタッフの審査《しんさ》があり、クオリティの高い作品のみ出品できるシステムで、作家の経歴を問わず純粋《じゅんすい》に作品の完成度で出品の可否を決めている点が好評を博している。

先日も、〈美術品保管庫〉で一躍《いちやく》有名になった若手アーティストが初の個展を開いたというニュースを目にしたばかりだ。

「オークション形式も悪くないが、将来的にはもっと長い目で見た作家の育成をしたいと思ってる。今はその準備をしている段階なんだが、アシスタントが必要になってね。きみをスカウトしようと思ってギャラリーに行ったら辞めたと言われて焦ったよ。どこかに引き抜《ぬ》かれたんじゃないかと思って」

「まさか。就職活動も連戦連敗中です。実績不足で落とされてばかりで……」

「じゃあうちに来てくれないか。応募者《おうぼ》の選定、育成期間中の各種バックアップ、美術館やギャラリーへの橋渡《はしわた》し……やることが目白押しでね。アートディレクターのヘレン・ピカードは知ってる？」

「ええ、もちろん。大学時代、ピカード教授の授業を取ってました」

信号が青に変わり、グレイソンが笑《え》みを浮《う》かべて横断歩道に足を踏《ふ》み出した。

「そのヘレンをプロジェクトの責任者としてスカウトしたんだ。で、彼女がアシスタントが必要だと言い、俺はきみを推薦《すいせん》した。ヘレンもきみのことを覚えてたよ。勉強熱心で優秀《ゆうしゅう》な学生で、きみの書いたレポートに滅多《めった》につけないAプラスをつけたと」

「……っ！」

尊敬していた恩師が自分を覚えていてくれたことに、胸が熱くなる。

横断歩道を渡り終えてアパートの前に着くと、グレイソンがくるりと振《ふ》り返った。

「どうかな？　俺のところに来てくれる？」

両手で拳《こぶし》を握《にぎ》り、碧は「もちろんです」と力強く頷いた。

グレイソンのもとで働くことにほんの少し躊躇《ちゅうちょ》もあったが、これほど魅力《みりょく》的なオファーを断るなんてできそうにない。これを逃《のが》したら、もう二度とチャンスは巡《めぐ》ってこないだろう。

「よかった。契約《けいやく》や詳《くわ》しい仕事内容は改めて説明するよ。連絡先を教えてくれる？」

「はい」

バッグからスマホを取り出し、番号を交換《こうかん》する。

興奮と高揚《こうよう》、そしてグレイソンとの近すぎる距離《きょり》に、指先が少し震《ふる》えてしまった。

「すまない、もう行かないと。今夜電話する」

スマホをスーツの内ポケットに入れて、グレイソンが微笑《ほほえ》む。

「は、はい」

今夜電話するという言葉にどぎまぎしていると、すっと右手を差し出された。

(握手!?)

動揺《どうよう》したが、ここで握手に応じないのは不自然すぎる。

おずおずと差し出した右手を、グレイソンの大きな手が包み込んだ。

(うわ……っ)

右手だけでなく、心臓まで鷲掴《わしづか》みにされた気分だった。ただの握手なのに体の芯《しん》に官能的な電流が走り、羞恥《しゅうち》と罪悪感が込み上げてくる。

あとから思えばほんの五秒ほどだったと思うが、時が止まったように感じられ……。

「じゃあまた」

「え?　あ、はい」

いつのまにか黒塗りの車がそばまで来ており、グレイソンが後部座席に吸い込まれていく。

歩道に突っ立って車を見送り、碧は詰《つ》めていた息を吐《は》き出した。

まだ心臓がどきどきしている。握手をしたとき、この不自然な鼓動《こどう》の速さがグレイソンに伝わっていなければいいのだが。

背後からやってきた自転車にベルを鳴らされ、慌てて碧はアパートのエントランスへ駆け込んだ。

6

「不動産の候補は見つかった？」

上司のヘレン・ヒカードに問われ、碧は顔を上げた。

「まずはニューヨーク中心部から半径百キロ以内の物件を十件ピックアップしました。これが資料です」

ヘレンにプリントアウトした物件のファイルを手渡す。

——グレイソンが経営する〈GBインベストメント〉のアート部門で正社員として働き始めて二週間。碧は充実《じゅうじつ》した日々を送っていた。

育成プロジェクトの企画《きかく》室に配属され、最初に取り組んでいるのが、長期滞在《たいざい》型のアトリエを作ること。アーティストが共同生活をしながら制作に打ち込めるよう、居住スペースとアトリエを兼《か》ねた建物が必要で、物件の選定から始めたところだ。

ひととおり資料に目を通し、ヘレンが眉根《まゆね》を寄せた。

「農場や牧場は広くていいけど要注意ね。ヒッピーのコミュニティみたいになっちゃう可能性が高いから。その点、この元小学校はいいかも。町の中心部に近いし、地域との交流も期待できそうだし」

「あんまり人里離《はな》れた場所より、ある程度町に近いほうがいいですね。他《ほか》にも廃校跡《はいこうあと》の物件があったので調べてみます」

「お願い。それと来週のラスベガスのアートイベントなんだけど、あなたが行ってくれない？　同じ日にシカゴの美術館でワークショップがあって、そっちのほうに顔を出したいの」

「いいんですか？」

「ええ、あなたに任せる」

「ありがとうございます……！」

　思わず両手の拳を握って、碧は頬《ほお》を紅潮させた。

　ラスベガスのコンベンションセンターで行われるイベントには、全米からアーティストや業界関係者、アートファンが大勢やってくる。出品された作品をチェックして新たな才能を発掘《はっくつ》するのが碧の任務だ。

　とはいえ、ラスベガスの一大イベントに個人ブースを出せるのはある程度名前を知られている作家なので、ヘレン曰《いわ》く美術大学やアートスクールの学生が狙《ねら》い目なのだという。

『私は何度か経験してるけど、大学や高校の卒業制作展やグループ展に行くと、ときどきはっとするような作品に出会うことがあるのよ。粗削《あらけず》りで技術がいまいちでも、心を鷲摑みにされるようなね。私たちのプロジェクトの使命は、そういうダイヤの原石を見つけて磨《みが》くことだと思ってる』

大学や学校単位のブースは二十以上あるので、見応《みごた》えがありそうだ。何より、ヘレンが現場でのスカウトを任せてくれたことが嬉《うれ》しい。

「詳細《しょうさい》はあとでメールする。まずは飛行機を押さえたほうがいいわ。ホテルは私が予約したところを名義変更《へんこう》しておくから」

「了解《りょうかい》です」

初の泊《と》まりがけの出張に心が浮き立つ。ヘレンとともに日帰りでイベントやワークショップには何度か出向いたが、ひとりでの出張は初めてだ。

さっそくイベントのスケジュールを確認《かくにん》し、ネットで航空券を予約する。不動産の物件探しに戻《もど》ったところで、社内の経理部から内線電話がかかってきた。

『先週の出張経費の件で確認したいことがあるので、ちょっと来てもらえます？』

「あ、はい。すぐ行きます」

パソコンをスリープにして、エレベーターホールへ向かう。ボタンを押して、碧は表示パネルに視線を向けた。

〈GBインベストメント〉本部は三十階にあり、あとから起《た》ち上げた〈美術品保管庫〉と育成プロジェクト企画室は十八階の一画に位置している。フロアも業務内容も分かれているので、本部の従業員とはほとんど接点がない。

（グレイソンとも、この二週間で二回しか顔を合わせていないし）

入社した日にヘレンとともにプロジェクトについて十五分ほど面談、その数日後にビルの一階エントランスですれ違《ちが》って挨拶《あいさつ》。

実を言うと、グレイソンの会社に入社したら彼との距離が急接近するのではないかと身構えていた。けれど蓋《ふた》を開けてみれば入社したことでむしろ距離は遠くなり、ほっとしたようながっかりしたような、複雑な気分だった。

今思えば、食事に誘《さそ》ってくれたのも仕事のスカウトの一環《いっかん》だったのだろう。口説かれているのでは、などと勘違《かんちが》いしていた自分が恥《は》ずかしい。

物思いに耽《ふけ》っていると、涼《すず》やかなベル音とともにエレベーターの扉《とびら》が開いた。

「……っ！」

箱の奥に立っていた人物に、心臓がどくんと大きく跳《は》ね上がる。今まさに脳裏《のうり》に思い浮《う》かべていたグレイソンが、手にしたスマホから視線を上げて表情をやわらげた。

「やあ、久しぶり」

「ええ、お久しぶりです」

ぎこちない笑みを作って、エレベーターの箱に乗り込む。

扉が閉まってグレイソンとふたりきりになり、碧はじわりと体温が上昇《じょうしょう》するのを感じた。

「仕事にはもう慣れた？」

「ええ、おかげさまで。来週にはラスベガスのアートイベントを視察することになってます」

グレイソンのネクタイの辺りに視線をさまよわせつつ答える。久々に話せるチャンスなのに、なぜかグレイソンと目を合わせられなかった。

「来週の何曜日？」

「イベントは週末の三日間で、僕は金曜日に行って土曜日に戻る予定です」

「残念だな。俺も木曜日にラスベガスで仕事があるんだが、金曜にはこっちに戻らないといけないんだ」

「そうなんですか。ちょうど入れ違いですね」

そう答えたところでエレベーターが三十階に到着《とうちゃく》し、扉が開く。

緊張《きんちょう》から解放されてほっとしつつも、またこれでしばらく会えないのかと思うと名残惜《なごりお》しいような気持ちも込み上げてきた。

エレベーターから降り立ったグレイソンが、ちらりと振《ふ》り返って「本部に用事？」と口にする。

「ええ、経理部に」

「そうか」

互《たが》いに目を見交《みか》わしたまま、ぎこちなく不自然な間が空いた。グレイソンが何か言いたいことがあるのに躊躇《ちゅうちょ》している様子だったので、会話を引き延ばそうと急いで言葉を探す。

「ええと……出張経費のことで何か確認したいことがあるそうなので」

「ああ、きみの部署は出張が多いからな」

「そうなんです。出張のある仕事は初めてなので、すごく楽しいです」

「それはよかった」

どこか他人行儀《たにんぎょうぎ》でよそよそしい会話だった。夜景を見下ろすレストランで一緒《いっしょ》にディナーを楽しんだときと違いすぎて、あれは夢か幻《まぼろし》だったのではという気さえしてくる。

「じゃあ……俺はここで」

「はい、失礼します」

グレイソンが社長室の方向へ、碧は経理部の方向へ踵《きびす》を返す。

廊下《ろうか》を歩きながら、碧は詰《つ》めていた息を吐《は》き出した。

(今の妙《みょう》な空気、なんだったんだろう)

理由をあれこれ考えて、眉根を寄せる。

一、しばらく顔を合わせていなかったから、なんとなく照れくさかった。

二、自ら声をかけて雇《やと》ったものの、後悔《こうかい》している。

三、口説こうと思っていたけれど、気が変わったので気まずい。

(……三がいちばんありそう)

そう考えたとたん、心に重い石が沈《しず》んでいくような感覚に襲《おそ》われる。

数歩歩いてから勝手な想像でショックを受けている自分が可笑《おか》しくなったが、結局その日はずっともやもやした霧《きり》が晴れることはなかった。


――エレベーターの箱が小刻みに揺《ゆ》れている。

普段《ふだん》感じたことのない揺れに、碧は不安になって扉の上の表示パネルを見上げた。

一階、二階、三階……デジタル数字の文字が点滅《てんめつ》している。見つめているうちに文字がぼやけてきて、エレベーターの揺れと相まって不安が増すばかりだった。

（いったん降りよう）

急いで停止ボタンを押すが、反応がない。いよいよ不安になって闇雲《やみくも》にボタンを押しまくったところで、ふいに扉が開いた。

「碧」

「グレイソン……！」

見知った顔に、ほっと胸を撫《な》で下ろす。

不安は吹き飛《ふ》んだが、グレイソンが箱に乗り込んでふたりきりになると、今度は心臓がどくどくと大きく脈打ち始めた。

再び箱が揺れ、グレイソンと顔を見合わせる。

「なんだか様子が変だな」

「ええ、さっきから揺れてて、怖《こわ》いから降りようかと思ってたんです」

「故障？」

グレイソンが呟《つぶや》いたところで、がたんと大きな音を立ててエレベーターが停止した。

「うわ……っ！」

驚《おどろ》いて声を上げたところで、はっと目が覚める。

一瞬《いっしゅん》自分がどこにいるのかわからなくて混乱したが、寝室《しんしつ》のベッドの中にいることを確認し、安堵《あんど》の吐息《といき》を漏《も》らした。

ナイトテーブルのデジタル時計の表示は午前三時十三分、朝までもうひと眠《ねむ》りできる。

ベッドに横たわったまま暗闇に浮かぶ時計の数字を見つめていると、先ほど見た夢がありありとよみがえってきた。

（なんかやけにリアルな夢だったな……）

寝返《ねがえ》りを打って目を閉じる。

さっきのあれは、エレベーターの狭《せま》い空間にグレイソンとふたりきりになったとき、ほんの少しだけ脳裏をよぎった不埒《ふらち》な妄想《もうそう》の一部だ。エレベーターが故障してグレイソンとふたりきりで閉じ込められるという、映画やドラマのようなワンシーン――。

『停電か？』

明かりが消え、非常灯の青白い光が照らし出す薄暗《うすぐら》い空間で、グレイソンと目を見交わす。

『かもしれませんね。電話してみましょう』

スマホを取り出すと、大きな手が伸《の》びてきて……。

『慌《あわ》てなくても、そのうち復旧するよ』

『え、ええ、心配はしてませんけど』

軽く手首を掴《つか》まれ、どぎまぎしながら答える。

『しばらく会えなかったから、もう少しこのまま一緒《いっしょ》にいたい』

『……っ』

グレイソンが間合いを詰めてきて、ふたりの距離《きょり》が急接近する。

厚い胸板《むないた》に抱《だ》き寄せられて、碧は息苦しさに喘《あえ》いだ。同時に、体の中心に集まり始めた熱に気づいてぱちっと目を見開く。

（……ちょっとまずい感じなんだけど）

おかしな夢や妄想のせいで、体が反応している。

グレイソンとの親密なやりとりを思い浮かべてこうなってしまったことに猛烈《もうれつ》な気恥《きは》ずかしさと後ろめたさが込み上げてきて、碧は勢いよくブランケットを撥《は》ねのけて起き上がった。

熱をかき散らそうと、大きく深呼吸する。

けれど官能の炎《ほのお》は、収まるどころかますます燃え盛《さか》るばかりで……。

「ああ、もう！」

小声で悪態をついて、ベッドに仰向《あおむ》けに倒《たお》れ込む。パジャマ代わりのTシャツの上からそっと触《ふ》れると、小さな乳首《ちくび》がつんと尖《とが》っているのがわかった。

目を閉じて、平らな胸板をゆるゆるとまさぐる。考えてはいけないと思えば思うほどグレイソンの姿が鮮明《せんめい》に浮かび、心の奥底に封《ふう》じ込めていた欲望を暴《あば》き出す。

自分を慰《なぐさ》めるとき、グレイソンの大きな手に触《さわ》られたらどんな感じだろうと考えたことは一度や二度ではない。そのたびに罪悪感に苛《さいな》まれてきた。

けれどグレイソン本人に知られるわけではないし、頭の中でこっそり妄想する分には問題ないはずだ——。

「……ん……っ」

膝《ひざ》を立てて、太腿《ふともも》をすり寄せる。ハーフパンツの下、ペニスはすっかり硬《かた》くなって下着の布地を押し上げていた。

少しためらってから、碧はしばし淫《みだ》らな快楽に耽《ふけ》ることにした——。

7

「……はい、ええ、もちろんその点は配慮《はいりょ》いたします。詳細《しょうさい》な案内をお送りしますので、ぜひご検討ください」

電話を切って、碧はぐっと拳《こぶし》を握《にぎ》り締《し》めた。

「よし！　一歩前進！」

小さく独りごち、パソコンのモニターに向き直る。

——先週ラスベガスのアートイベントで目を引かれた立体作品の作者と、ようやく連絡《れんらく》を取ることができた。

作者はアイダホ州在住の十七歳の青年で、あいにく会場には来ていなかった。メールにも返信がなく、イベント主催者《しゅさいしゃ》に間に入ってもらってようやく連絡がついたのだが、両親がアートの道に進むことを反対しているため、イベントへの出品も内緒だったらしい。

粗削《あらけず》りで未熟な点はあるものの、ポップでカラフルな作品には並々ならぬエネルギーが満ちており、家族の反対で諦《あきら》めるには惜《お》しい才能だった。

もちろん無理強《むりじ》いはできないが、ダメ元で両親の説得を申し出たところ、今日になって父親から『話を聞くだけなら』と電話があり……。

（説得できたとは思わないけど、ちょっとだけお父さんの気持ちを動かすことはできたんじゃないかな）

今回は断られても、彼が成人すれば親の許可を得なくても自分で行動することができる。ひょっとしたらその頃《ころ》にはアートへの情熱が薄れているかもしれないし、他《ほか》にやりたいことが見つかっているかもしれない。けれど大規模なイベントのたくさんの作品の中から関係者に声をかけられたという経験は、年若い彼にとって大きな自信になるのではないか。

さっそく育成プロジェクトの資料を揃《そろ》え、丁寧《ていねい》な手紙を添《そ》えて封筒《ふうとう》に入れる。宛名《あてな》を書いて切手を貼《は》り、碧は時計を見上げた。

そろそろ昼の休憩《きゅうけい》時間だ。ランチを買いに行くついでに、郵便ポストに投函《とうかん》してこよう。意気揚々《いきようよう》とエレベーターホールに向かい、ボタンを押そうとして、碧ははたと手を止めた。

――グレイソンとは、先々週にエレベーターで遭遇《そうぐう》して以来顔を合わせていない。

エレベーターに乗るたびそわそわしてしまうのは、グレイソンと会えることを期待しているのか、それとも淫らな妄想をしてしまった後ろめたさか。

背後から足音がして我《われ》に返り、急いでボタンを押す。まもなくエレベーターが到着《とうちゃく》し、するすると扉《とびら》が開いた。

思わず肩《かた》に力が入り、視線を俯《うつむ》けてしまう。

あとから来た女性に続いて箱に乗り込み、ちらりと周囲を見まわすが、グレイソンの姿はなかった。

（ま、そうだよな。鉢合《はちあ》わせする確率はかなり低いし）

少々がっかりしているらしい自分に苦笑《くしょう》し、一階で降りてまずはポストへ向かう。封筒を投函し、台湾《たいわん》料理のフードトラックでルーローハンを買うことにして列に並んだ。

（そうだ、昼休みのうちにホテルも予約しとかなきゃ）

スマホを取り出し、宿泊《しゅくはく》予約サイトを開く。

訳あって、碧は先週からホテル暮らしをしている。ラスベガスからニューヨークに戻《もど》った日、アパートの上の階からの水漏《みずも》れで寝室が水浸《みずびた》しになってしまったのだ。

慌てて上階へ水を止めるように言いに行ったが、住人は留守。管理会社に連絡し、その晩はリビングのソファで寝《ね》てしのいだものの、翌朝目覚めると被害《ひがい》は拡大し、リビングの床《ゆか》にまで水たまりが広がっていた。

最初は上の階の住人が水を出しっ放しにしたのが原因かと思っていたが、数日前からカリフォルニア州に出張中だという。碧の部屋を見に来た業者は、配水管の破損が原因だろうと話していた。実際、最近このアパートで配水管の劣化《れっか》による水漏れが何件かあったらしい。

『修理するには上階の部屋に入らなくちゃならないんだが、住人が勝手に入るなと言ってきてね。来週住人が出張から戻るまでこの状態で我慢《がまん》するか、ホテルに避難《ひなん》するかだな』

そんなわけでホテルに滞在《たいざい》しているのだが、最初のホテルは清潔感に欠け、次のホテルは壁《かべ》が薄くて隣の声が筒抜け、三度目の正直で選んだホテルは、ベッドのスプリングが柔らかすぎて合わなかった。

管理会社が負担してくれるのは一泊五十ドルまで。なるべく安い宿を選びたいが、治安の悪い場所は避《さ》けたい。

（何度も移動するの大変だし、ちょっと高めのところにしようかな）

身に染《し》みついた節約癖《へき》のせいでついつい安さを重視してしまうが、考えてみたら今や立派な正社員で、〈バークレイ〉に勤務していたときの倍近い給料をもらっている。

（よし、今夜からここに泊《と》まろう）

居心地《いごこち》が好《よ》さそうなホテルを予約し、ちょうど順番が来たのでルーローハンとサラダを注文する。ランチの袋《ふくろ》を受け取って、碧は軽《かろ》やかな足取りで会社へ向かった。

「――碧！」

ビルのエントランス前でふいに背後から声をかけられ、心臓がどくんと跳《は》ね上がる。

振《ふ》り返ると、黒塗《くろぬ》りの車から降り立ったグレイソンが大股《おおまた》でこちらに向かってくるところだった。

（うわ、ちょっと待って、心の準備が……っ）

あたふたしている間に、グレイソンはあっというまに目の前までやってきた。

「久しぶり」

碧の顔を見下ろし、グレイソンが眩《まぶ》しげに目を細める。

「ええ、お久しぶりです」

視線をさまよわせながら答えると、グレイソンが声を立てて笑った。

「なんだかきみと会うたびに久しぶりって言ってる気がするな」

「ああ……そうですね、確かに」

「おっと、危ない」

ふいにグレイソンに腕《うで》を掴まれ、引き寄せられる。驚《おどろ》いて目を見開くと同時に、碧にぶつかりそうになった男性が「失礼」と言いながら早足で通り過ぎていった。

「ここじゃ出入りの邪魔《じゃま》になるな。とりあえず中に入ろう」

グレイソンに促《うなが》され、ロビーに足を踏《ふ》み入れる。

「ラスベガスのアートイベントはどうだった？」

「思っていた以上の規模で圧倒《あっとう》されました。全体的にレベルも高かったですし。時間の制約もあって既《すで》に名前を知られているアーティストはパスして無名作家に絞《しぼ》ってチェックしたんですけど、いい作品に出会えました」

「それはよかった。けどせっかくだから、次回は全部見てまわれるように出張日数を増やしたほうがいいね」

「ええ、ヘレンともそう話してたんです」

エレベーターホールの前で、グレイソンがふと立ち止まる。

「もっと詳《くわ》しく聞きたいな。プロジェクトの進捗状況《しんちょくじょうきょう》も知りたいし。そうだ、よかったら今夜一緒《いっしょ》に食事しないか？　ヘレンにも声をかけて、三人で」

「今夜、ですか？」

「ああ、何か予定がある？」

「ええ、ちょっと……」

ホテルの移動はなるべく早い時間に済ませたい。今のホテルも移動先も治安は悪くないが、夜遅《よるおそ》くに大きなスーツケースを持って出歩くのは危険だ。

だが、グレイソンとの会食の機会を逃《のが》すのも惜しかった。多忙《たぼう》なグレイソンとは次にいつ会えるかわからないし、プロジェクトについていろいろ意見も聞いてみたい。

「今日は仕事終わってからやらなきゃいけないことがあって……だけどそんなに時間はかからないと思うので、そのあとでもよければ」

「構わないよ。やらなきゃいけないことって何？　手伝おうか？」

「いえ、大丈夫《だいじょうぶ》です。ホテルの荷物をまとめて、別のホテルに移動するだけなので」

グレイソンに手伝わせるわけにはいかない。そう思って早口で答えると、グレイソンが怪訝《けげん》そうに眉《まゆ》をひそめた。

「ホテル？　アパートで何かあったのか？」

「上の階からの水漏れで部屋が水浸しになって。配水管の損傷らしいんですが、上階の住人が出張から戻るまで部屋に入れなくて、修理待ちなんです」

肩をすくめつつ答える。

「なんだって？　どうして俺に言ってくれなかったんだ？」

グレイソンに詰《つ》め寄られて、碧は目をぱちくりさせた。

「ええ？　それほど緊急事態《きんきゅう》ってわけじゃないですし……」

「いや、充分《じゅうぶん》緊急事態だよ。言ってくれればすぐに部屋を用意したのに。いや、それよりも」

グレイソンが言いかけたところで、スマホの着信音が鳴り響《ひび》く。

「おっと、この電話は出ないと。今日仕事が終わったらすぐに俺のところに来てくれ。いいね？」

「は、はい」

なんだかよくわからないが、グレイソンの勢いに飲まれて碧は頷《うなず》いた。

「じゃあ俺はここで失礼。——もしもし？　ああ、どうも」

ちょうどエレベーターがやってきたので、ぺこりと会釈《えしゃく》して箱に乗り込む。

振り返ると、扉が閉まる寸前にグレイソンと目が合った。

久々に会えた高揚感《こうようかん》、そして食事に誘《さそ》ってくれたことやアパートの件を心配してくれたことに、じんわりと胸が熱くなる。

なぜグレイソンに呼び出されたのかわからないが、退勤後に会う約束をしたことで、気力と体力も漲《みなぎ》ってきた。

(よし、午後の仕事も頑張《がんば》ろう!)

十八階でエレベーターを降り、碧は意気揚々と企画《きかく》室へ向かった。


時刻はまもなく午後八時になろうとしている。

黒塗りの高級車の後部座席で、碧はちらりと隣に座るグレイソンの横顔に視線を向けた。

(いったいどこに連れて行かれるんだろう)

——六時半頃《ごろ》退勤し、三十階の社長室を訪《おとず》れると、帰り支度《じたく》をしたグレイソンが待ち構えていた。

『まずはきみが泊まってるホテルだな。荷造り手伝おうか?』

『いえ、結構です。必要最小限しか持ってきてないのですぐ終わります』

慌《あわ》てて辞退し、宿泊中のホテルの駐車場《ちゆうしやじよう》で待機してもらうことにした。

急いで荷物をまとめ、フロントでチェックアウトの手続きをしていると、グレイソンがやってきてスーツケースを奪《うば》い取られ……。

『待ってください、どこに行くんですか?』

『今日からきみが寝泊《ねと》まりする場所だ』

『どこです？』

『それは着いてからのお楽しみ』

そう言ってグレイソンは行き先を教えてくれなかったが、楽しみよりも不安な気持ちが大きくなっていく。

やがて車はマンハッタンの南部、グリニッジヴィレッジにさしかかった。

「もうすぐ着く。ああ、見えてきた。あの建物だ」

グレイソンが指さした先に、黒っぽい石造りのこぢんまりしたビルが現れる。

車はビルの地下駐車場へと吸い込まれていき、突《つ》き当たりのガラス張りの扉《とびら》の前で停車した。

「ありがとう。ああ、荷物は俺が下ろすからいいよ。また明日《あした》、よろしく」

グレイソンが運転手に声をかけ、後部のトランクからスーツケースを下ろしてくれる。

急いで駆《か》け寄り、「自分で持ちます」と奪い取る。グレイソンもブリーフケースを持っているのに、これ以上荷物を運ばせるわけにはいかない。

グレイソンが指紋認証《しもんにんしょう》システムに指を当てて扉を開けると、ホールの左右にエレベーターがずらりと並んでいた。

「そろそろ教えてください。ここは……？」

真ん中辺りのエレベーターのボタンを押し、グレイソンが振り返る。

「俺の新居だ」

「え？　あなたの家？」

訊《き》き返したところでエレベーターの扉が開き、「とりあえず乗って」と促されて慌てて乗り込む。

「そう。一ヶ月ほど前に引っ越《こ》してきたばかりなんだ」

「…………」

茫然《ぼうぜん》とグレイソンの顔を見上げる。

まさかグレイソンの自宅に連れてこられるとは思っていなかった。グレイソンが株主のホテルか、もしくは管理している不動産物件のどれかかと思っていたのだが。

「ええと……泊めていただけるのはありがたいのですが」

言いかけたところでエレベーターが最上階に到着《とうちゃく》し、するすると扉が開いた。

（うわ、部屋直結⁉）

思わず目を丸くする。映画やドラマでしか見たことのない、エレベーターが各部屋に直結したタイプの超《ちょう》のつく高級物件だ。

「遠慮《えんりょ》しなくていい。部屋が多くて持て余してるし、きみのアパートの問題が解決するまでここに住めばいいさ」

辞退の言葉を探している間に、グレイソンは大股《おおまた》で部屋の奥へ進んでいく。

エレベーターのある玄関《げんかん》ホール、重厚《じゅうこう》なフォーマルリビング、バーカウンター付きのフォーマルダイニング――。

「あの、大変ありがたいんですけど」

「ストップ。遠慮は無用だと言っただろう」

「だけど……っ」

いくら広いとはいえ、グレイソンの家に居候《いそうろう》するなんて緊張しっ放しで身が持ちそうにない。

廊下《ろうか》で立ち止まったグレイソンが、くるりと向きを変えて腕《うで》を組んだ。

「俺の家じゃ不満か？」

「まさか！　そうではなく、ええと、ご迷惑《めいわく》をおかけするわけには……」

「迷惑だなんて思わないさ。きみはうちの大事な社員だ。社員が困っていたら助けるのが俺の役目だろう？」

グレイソンの言葉に、碧はなぜか胸がつきんと痛むのを感じた。

そうだ、グレイソンは個人的な理由から手を差し伸《の》べてくれたわけではなく、社長として社員の心配をしてくれているだけなのだ。自分はいったい何を期待していたのだろう……。

「……では、お言葉に甘えてお世話になります」

改めてぺこりと頭を下げると、グレイソンが目を細めて「堅苦《かたくる》しいな」と笑った。

目尻《めじり》に皺《しわ》を寄せたその笑《え》みがなんだかやけにセクシーで、どぎまぎしてしまう。

「このゲストルームを使ってくれ」

言いながら、グレイソンがドアを開ける。

「うわあ……」

思わず声を上げてしまい、慌てて碧は口を噤《つぐ》んだ。

正面の大きなガラス窓の向こうに、マンハッタンの夜景が広がっている。ラグジュアリーホテルのようなモダンで洗練されたインテリア、完璧《かんぺき》にベッドメイクされたダブルサイズのベッド——普段《ふだん》自分が暮らしているアパートや滞在《たいざい》していたホテルとのあまりの違《ちが》いに、なんだか奇妙《きみょう》な夢を見ている気分になってしまう。

「インテリアコーディネーターがリネン類やタオルなんかは全部揃《そろ》えてくれてるはずだ。何か足りないものがあれば用意するよ」

「ありがとうございます。僕が泊まってたホテルより何もかも揃ってると思います」

「だといいんだが。さてと、そろそろ夕飯にしよう。ヘレンと三人でのミーティングはまた今度にして、今夜は仕事抜きの夕食だ。外に出かけてもいいが、デリバリーという手もある。どうする？」

「そうですね、これから出かけるのはちょっと億劫《おっくう》かも」

「よし、決まりだ。何がいい？　中華《ちゅうか》、寿司《すし》、イタリアン……おすすめはウクライナ料理かな」

「それがいいです。あんまり食べる機会がないから」

「ＯＫ、じゃあそうしよう」

グレイソンがスマホを取り出して操作し、碧に差し出した。

「これがメニュー。量が多めだから何品か取ってシェアしないか？」

スマホを受け取り、メニューをスクロールする。

「いいですね。あ、ボルシチ美味《おい》しそう」

「こっちのヴァレーニキも美味《うま》かったよ。中華料理の餃子《ぎょうざ》みたいなやつだ」

グレイソンの長い指がスマホの画面を指し、スマホを持つ手とぶつかりそうになって、体がフリーズした。

「じゃあこれも。えっと、僕はあとはサラダがあれば充分《じゅうぶん》です」

目を泳がせながら、グレイソンにスマホを返そうと差し出す。しかし慌てていたせいか、スマホが手から滑《すべ》り落ちそうになった。

「おっと、危ない」

碧が落としかけたスマホを、グレイソンが素早《すばや》くキャッチする。スマホだけでなく、碧の手も一緒《いっしょ》に摑《つか》む形になってしまい……。

「っ！」

グレイソンの大きな手に包み込まれ、碧は心臓が口から飛び出しそうになった。

まずい。単なるアクシデントで赤面なんかしたら、グレイソンに訝《いぶか》しく思われてしまう――。

「……失礼」

ぼそっと呟《つぶや》いて、グレイソンが手を放す。

「……いえ、落とさなくてよかったです」

言いながら、碧は急いで手を引っ込めた。

ちらりと見上げると、グレイソンの青い瞳《ひとみ》と視線がぶつかる。目が合ったとたん、なぜかグレイソンが狼狽《うろた》えたように表情を強《こわ》ばらせた。

「……じゃあ注文しよう。ボルシチとヴァレーニキとサラダ。飲み物はワインでいいかな」

くるりと踵《きびす》を返し、グレイソンがキッチンの方向へ歩いて行く。

その後ろ姿を見やり、碧は詰《つ》めていた息を吐《は》き出した。

(グレイソンのこと意識してるの、ばれちゃっただろうか)

そうではないことを願いたい。少なくとも彼の家に居候している間は、この気持ちを隠《かく》し通さなくては。

「注文完了《かんりょう》。店が混《こ》んでるから三十分ほどかかるそうだ」

言いながら、グレイソンが部屋の戸口に戻《もど》ってきた。

「了解です。じゃあ僕、ちょっと荷ほどきしちゃいますね。服も着替《きが》えたいし」

先ほどの奇妙な空気をかき消すように、明るく言って背を向ける。

「俺も軽くシャワーを浴びてくる。ああ、ドレスコードはないから安心してくれ。俺も家ではTシャツにスウェットとかだから」

「それ聞いて安心しました」

グレイソンの軽口に、碧はようやくいつもの調子を取り戻すことができた。

ドアを閉め、改めて広い室内を見まわす。

インテリアコーディネーターに依頼しただけあって、家具やカーテン、ベッドカバーの色味も洗練されている。マンハッタンのペントハウスで暮らすなんて一生縁《えん》がないだろうから、これは貴重な機会だ。

(来週にはアパートの上階の住人も帰ってくるし、そしたら修理もできるし)

ここに滞在するのは一週間、長くてもせいぜい十日程度だろう。

せっかくの機会なのでポジティブに捉《とら》えようと決めて、碧はスーツケースを開いた。

グレイソンはスウェットでも構わないが、居候の自分はそういうわけにはいかない。とはいえあまりたくさん服を持ってきていないので、チノパンとコットンシャツに着替えることにしてスーツケースから取り出す。

(明日仕事帰りに服を取りに戻ろう)

いや、それよりも新たに買ったほうがいい。別にグレイソンの前でおめかししたいわけではなく、社長の家に滞在するにあたっての礼儀《れいぎ》として。

急いで着替え、碧はバスルームの鏡で念入りに髪《かみ》を整えた。

デリバリーのウクライナ料理は、グレイソンが言ったとおり実に美味しかった。

だが、初めて見るグレイソンのプライベートな服装に、なんとも落ち着かない気分だった。

黒いTシャツにジーンズという何の変哲《へんてつ》もない格好が、なぜこうも魅力《みりょく》的なのだろう。

仕立てのいいスーツを隙《すき》なく着こなすグレイソンも魅力的だが、プライベートのラフな服装の彼は、また違ったフェロモンを漂《ただよ》わせており……。

（いやいや、フェロモンとかそういう方面のことは考えちゃだめだ！）

逞《たくま》しい上腕《じょうわん》や厚い胸板《むないた》から目をそらし、料理に集中することで雑念を追い払《はら》う。

「ウクライナのボルシチ、初めて食べましたけどすごく美味しいですね。学生時代に何度かロシア料理の店で食べたんですけど、ウクライナ版のほうが好みかも」

「俺もボルシチはウクライナ派だ。ウクライナと言えば、先日仕事でボストンに行ったときにふらっと入ったギャラリーでいい出会いがあったよ」

「いい出会い？」

ワインのグラスを置き、訊《き》き返す。

「ウクライナ出身の銅版画家の個展をやってたんだ。イゴール・コヴァレンコっていう作家、聞いたことある？」

「いいえ、初耳です」

「きみが知らないってことは、あまり知られてないんだろうな。本人とも少し話したんだが、三十年前にアメリカに来ていくつかの職を転々として、仕事のリタイアを機に久々に銅版画の制作を再開したらしい。自分の作品は地味で一般《いっぱん》受けしないと笑ってたが、なかなか味わい深い作品だったよ」

「もともとウクライナで銅版画家だったんですか？」

「そう。だけどアメリカに来てからは日々の暮らしに追われてそれどころじゃなかったそうだ。仕事の合間にスケッチや素描《そびょう》は続けていたらしいけどね。若い頃《ころ》とは作風ががらりと変わったと言っていた。それを聞いて思ったんだ。ああ、彼の作品が心を打つのは、彼の人生の積み重ねが反映されているからなんだろうな、と」

「伸《の》び盛《ざか》りの若手の才能とは、また違《ちが》った魅力や味わいがあるんでしょうね」

「ああ。正直はっとするような目新しさはないが、手元に置いておきたいと思って何作か購《こう》入《にゅう》したんだ。個展が終わったら届けてくれることになってる」

「ぜひ見てみたいです」

「俺もぜひきみに見て欲しいと思ってた。ちょうどよかったな」

テーブルを挟《はさ》んだ向かいで、グレイソンが小さく微笑《ほほえ》む。

その表情にどぎまぎしてしまい、碧は皿に残っていたヴァレーニキを急いで口に運んだ。

（グレイソンって本当にいい人じゃん……）

アートを投資の対象としか見ていない連中と違って、本当にアートを愛している。

マンハッタンで成功を収めたセレブでしかも貴族出身、なのに威張《いば》ったり偉《えら》ぶったりせず、一社員の自分にまで親切にしてくれる。

グレイソンのことを好きにならずにいるのは、かなり難しいのではないか。たとえ望みはないとわかっていても……。

(本当に望みはないのかな。ただの親切心だけで、一社員を自宅に居候《いそうろう》させてくれる？)

グレイソンに下心があって欲しいと思っている自分に気づき、頰《ほお》が熱くなる。

ちらりと見上げると、グレイソンがじっとこちらを見ていることに気づいてますます顔が赤くなるのを感じた。

「この家に誰《だれ》かを招いたのは初めてだ」

ワイングラスを軽く揺《ゆ》らしながら、グレイソンが切り出す。

「そうなんですか？」

「ああ。引っ越《こ》すつもりはなかったんだが、いろいろあってね。以前つき合いのあった女性が押しかけてきたり。それで、人間関係をいったんリセットしようと思って」

なるほど、引っ越ししたのはそういうことか。

「じゃあ……僕が第一号っていうのは、ちょっと新鮮味《しんせんみ》に欠けますね」

「そんなことはない。俺がリセットしたいのは空虚《くうきょ》で無意味な関係で、きみは違う」

「……っ」

青い瞳にじっと見つめられ、碧は困惑《こんわく》して視線を泳がせた。

なんだか口説かれているような気になってしまうが、深読みしすぎだろうか。

「きみとこんなふうにゆっくり話せるのは本当に久しぶりだな。またきみとアートの話をする時間を作りたいと思ってたんだ」

「……僕もです。ええと、育成プロジェクトの件でもいろいろ意見を伺《うかが》いたいし」

「俺もプロジェクトの話を聞きたい。でもそれだけじゃなく、最近見た展覧会の話とか行ってみたい美術館の話とか。そういう話ができて、なおかつ好みや興味の対象が近いのは、俺の周りじゃきみだけだから」

仕事限定ではないと言われ、心が大きくざわめく。

「そう言ってもらえると嬉《うれ》しいです」

「アパートの水漏《みずも》れは災難だったけど、おかげでこうして久々にきみとゆっくり話せる時間ができた」

ワインの酔《よ》いがまわってきたのだろうか。なんだかグレイソンの言葉がすべて口説き文句に聞こえてきて、碧は小さく頭を左右に振《ふ》った。

「僕も……思いがけず素敵《すてき》なペントハウスに滞在《たいざい》できることになって、ええと、こういうのなんて言うんでしたっけ。災《わざわ》い転じて福となす？」

グレイソンがくっと小さく笑い、フォークを置いて立ち上がる。

「ペントハウスを堪能《たんのう》するためにはバルコニーに移動するべきだな。おいで、バルコニーで飲み直そう」

「え？　ええ……」

グレイソンに促《うなが》され、グラスを持って彼のあとに続く。

フォーマルリビングに面した扉《とびら》からバルコニーに出ると、目の前にネオンの大海原《おおうなばら》が広がっていた。

「うわ、これは絶景ですね。室内から見るのと外に出て見るのと、全然印象が違う」

「だろう？」

バルコニーは、大人数のホームパーティができそうなくらい広かった。中央に屋根付きの本格的な屋外キッチン、それを囲むようにテーブルと椅子《いす》が並べられ、ちょっとしたレストランのようだ。

室内は大都会と思えないほど静かだったが、一歩外に出ると車のクラクションやヘリコプターのプロペラ音、街の息遣《いきづか》いがすべて混じり合った喧噪《けんそう》が押し寄せてくる。

「このテーブルがお気に入りなんだ」

言いながら、グレイソンが見晴らしのいい場所のテーブルにワインのボトルとグラスを置く。

バルコニーの柵《さく》のすぐそばに立つと、強い風が吹《ふ》きつけてきた。

初夏とはいえ、高層階の夜風は少し肌寒《はだざむ》い。ぶるっと体が震《ふる》え、思わず一歩あとずさる。

「今夜はちょっと冷えるな。上着を取ってこよう」

グレイソンが室内に引き返し、碧はふっと息を吐《は》いて強《こわ》ばった体を弛緩《しかん》させた。

やはりグレイソンとふたりきりというこのシチュエーションは緊張《きんちょう》してしまう。

(僕が意識してるだけで、グレイソンはなんとも思ってないのかもしれないけど)

なんとも思っていないわけではなく、立場を超《こ》えて趣味《しゅみ》の合う友人、くらいには思っているのかもしれないが。

グレイソンがカーディガンを手に戻《もど》ってきたので、碧は急いで表情を取り繕《つくろ》った。

「今夜は風が強いな」

「高層階だと毎日強風ってイメージですけど、穏《おだ》やかな日もあるんですか?」

「ああ、風向きによってはね」

言いながら、グレイソンがカーディガンを広げながら近づいてくる。

何が起きているのかわからず固まっていると、グレイソンが肩《かた》にふわりとカーディガンを掛《か》けてくれた。

「……っ!」

ネオン瞬《またた》く夜空の下、グレイソンの青い瞳《ひとみ》が見たことのない色味を帯びている。

どこかで見た色だ……そう、盗《ぬす》まれたサファイアの深い青……。

「──碧」

魅入《みい》られたように固まっていると、グレイソンが掠《かす》れた声で囁《ささや》いた。

「……はい」

答えた自分の声も、ひどく掠れている。

グレイソンがカーディガンをそっと引っ張り、その動きに操《あやつ》られるように碧はグレイソンの胸に倒《たお》れ込んだ。

心臓が早鐘《はやがね》を打っている。思いがけない展開に頭が真っ白になりかけたが、グレイソンの心臓もどくどくと大きく脈打っていることに気づき、碧は我《われ》に返った。

グレイソンと自分の間で起きている何かについて、そろそろ正面から向き合ったほうがよさそうだ──。

「すごい技《わざ》ですね。僕に触《ふ》れることなく抱《だ》き寄せるなんて」

緊張をほぐそうと、敢《あ》えて軽く切り出す。

「ああ。こんなに気を遣《つか》って抱き寄せたのは初めてだ」

グレイソンも、くすりと笑って応じる。

「俺がきみを抱き寄せているのがわかってるのに拒否《きよひ》しないってことは、このまま続けていいと取っていいのかな？」

「それは……ええと………はい」

俯《うつむ》きながらぼそぼそ答えると、グレイソンの大きな手が背中にまわされた。

両手でしっかりと抱き締《し》められて、呼吸が苦しくなる。

「参ったな。もっと時間をかけて慎重《しんちょう》に口説くつもりだったのに」

グレイソンの声が密着した体から直《じか》に響《ひび》いてきて、心拍数《しんぱくすう》のメーターが振り切れそうだった。

息苦しいし脚《あし》も小刻みに震えているのに、どうしてこんなに心地《ここち》いいのだろう――。

「きみの弱みにつけ込むような真似《まね》はしたくないんだ。出会ったときはともかく今は雇用主《こようぬし》と被雇用者《ひこようしゃ》で、そういう状況《じょうきょう》できみと恋愛《れんあい》関係になるのはまずいと思って必死で抑《おさ》えてきたのに」

「えっ、そうなんですか？」

驚《おどろ》いて訊《き》き返すと、グレイソンが深々とため息をついた。

「これでもコンプライアンスには気を遣ってる。何度もきみに交際を申し込もうとしては躊躇《ちゅうちょ》して……覚えてる？　フレンチレストランに行ったときのこと」

「もちろんです」

「あのとき勇気を振り絞《しぼ》って一歩踏《ふ》み込んだんだが、あっさりかわされてしまった。あれでちょっと自信をなくしてね。俺が誘《さそ》いをかけてることには気づいてたんだろう？」

「……ええ。でも自分の勘違《かんちが》いかもって思ったし、もしそうだったとしても、あなたと僕じゃ住む世界が違いすぎて……」

少し言いよどんだあと、怖《お》じ気づいたんだと思いますと小声で呟《つぶや》く。

実は、この期《ご》に及《およ》んでまだグレイソンと関係を持つことにためらいがあるのも事実だ。つき合ってもきっと上手《うま》くいかない。グレイソンは恋愛に本気になるタイプではないし、これまでの女性たちも同様、飽《あ》きたら捨てられる。

それはよくわかっているのに、グレイソンの甘い囁きを無視することなんてできそうになくて……。

（人生で一度くらい、理性のたがが外れるような恋《こい》をしてもいいんじゃない？）

意を決し、碧はグレイソンの肩に手をまわした。

背伸《せの》びをし、ぎゅっと目を閉じて彼の薄《うす》い唇《くちびる》に自らの唇を押し当てる。

「——!!」

唇が触れて数秒後、ふいに強い力で抱き締められ、驚いて碧は目を見開いた。

同時に口腔《こうこう》内に熱い舌が押し入ってきて、あっというまに舌を搦《から》め捕《と》られてしまう。

（うわ、ちょ、ちょっと待って……っ）

遊び慣れたグレイソンのことだから、クールにスマートに事が進むと思っていた。まさかこんなふうに猛然《もうぜん》としゃぶりつかれるとは思わず、さっそく怖じ気づいてあとずさる。

「すまない、がっつきすぎたかな」

碧を抱き締めたまま、グレイソンが大きく肩で息をした。

「……ええあの、お手柔《てやわ》らかにお願いします。僕はあなたみたいに経験豊富というわけではないので」

恥《はじ》を忍《しの》んで申し出ると、グレイソンがふっと笑《え》みを浮《う》かべる。

「確かに俺は経験豊富な部類なんだろうが、同性相手は初めてだ。それに、こんなに急速に切《せっ》羽《ぱ》詰まったのも初めてで戸《と》惑《まど》ってる」

「……っ！」

大きな手に腰《こし》を抱き寄せられ、下腹部に当たった硬《かた》い感触《かんしょく》に碧は息を呑《の》んだ。

切羽詰まっているという言葉の意味に気づき、かあっと頬《ほお》を赤らめる。

いつのまにか自分の体も高ぶり、下着の中でペニスが硬くなっていて……。

「このまま続ける？　それともここでやめる？」

耳元で笑いを含《ふく》んだ声で囁かれ、碧はくすぐったさに首をすくめた。

恥をかく前にやめたほうがいい。理性はそう告げているが、体はグレイソンの愛撫《あいぶ》を狂《くる》おしく求めていた。

「続けましょう。だけどその、ちょっとだけ」

「わかった。ここから先はだめだと思ったらストップをかけてくれ」

「ええ……ええっ⁉　うわ、ちょっと！」

グレイソンに軽々と抱き上げられ、驚いて抵抗《ていこう》する。

が、抵抗できたのは気持ちだけで、体は碧の意思を無視してグレイソンの背中に手をまわしてしがみついていた。

(お、お姫《ひめ》さま抱っこ!?)

まさか自分の人生で誰《だれ》かにお姫さま抱っこをされる日が来るとは思わなかった。

幼い頃《ころ》、絵本やアニメでお姫さまが王子さまに抱き上げられるシーンにどきどきし、密《ひそ》かに憧《あこが》れていたことを思い出す。

現実のお姫さま抱っこはかなり刺激《しげき》的で、密着したグレイソンの体温やほのかなコロンの香《かお》りに官能を激しく揺《ゆ》さぶられ……。

(あ、やばい……っ)

下着の中で先走りがじわりと漏《も》れるのがわかり、被害《ひがい》を食い止めようと太腿《ふともも》を擦《す》り寄せる。

けれど生理現象を止められるはずもなく、おろおろしている間にグレイソンの寝室《しんしつ》に到着《とうちゃく》してしまった。

廊下《ろうか》の奥にある主寝室は、ウォールランプのやわらかな明かりに彩《いろど》られていた。眼下に広がる夜景のネオンと相まって、ロマンティックでどこか官能的な雰囲気《ふんいき》を漂わせている。

今朝目覚めたとき、夜に人生の一大イベント——初体験が待っているなんて誰が予想しただろうか。

そう、碧はセックス未経験だ。交際した男性とは深い関係になる前に別れたので、二十五歳の今も清らかな体を保っている。

人並みに自慰《じい》はしているが、ローターやディルドを使い始めたのはここ一年ほどのこと。それも初心者用の小さいサイズしか使ったことがないので、グレイソンのものを受け入れられるかどうか、不安が押し寄せてきた。

（だってなんか、グレイソンのすごくおっきそうだし……っ）

体格と性器の大きさは比例しないというが、グレイソンの場合はしっかり比例している気がする。スーツ姿のときもなんとなく質感が伝わってきたし、初めて目にしたジーンズ姿、そして先ほど当たった感触からも、それは確かだ。

キングサイズだかクイーンサイズだか、とにかくだだっ広いベッドの上にそっと下ろされ、慌《あわ》てて碧は股間《こかん》の膨《ふく》らみを隠《かく》そうと体を丸めた。

「そんなに怯《おび》えなくても、無理やり抱いたりはしないよ」

「ええ、それはわかってるんですけど……ひゃっ！」

グレイソンに優《やさ》しく髪《かみ》に触れられ、びくびくと首をすくめる。

まずい。本当にまずいかもしれない。着衣のまま射精して恥を晒《さら》すより、ここでいったんストップをかけるべきだろうか。

「……っ！」

迷っている間に、さっさとTシャツとジーンズを脱《ぬ》ぎ捨てたグレイソンが覆《おお》い被《かぶ》さってきた。

背後から抱き締められて、体が急速に上り詰《つ》めていく。

(だめ、あ、ああぁ……っ!)

歯を食いしばって堪《こら》えようとするが、初《うぶ》な体はひとたまりもなかった。グレイソンの熱い肌《はだ》、うなじにかかる吐《と》息《いき》、密着した硬い高ぶり、何もかもが刺激的すぎて……。

「んん……っ」

声を押し殺し、碧は下着の中で白濁《はくだく》をほとばしらせた。

しばし快感に身を委《ゆだ》ね、それから自分がとんでもない粗《そ》相《そう》をしてしまったことに気づいて血の気が引いていく。

(やってしまった……)

気持ちを確かめ合い、初めてのロマンティックな夜になるはずだったのに、服を脱ぐ前に漏らしてしまうなんて恥《は》ずかしすぎる。ティーンエイジャーならまだしも、二十五歳の社会人としては失態を晒したとしか言いようがない。

「どうした? 大丈夫《だいじょうぶ》か?」

グレイソンに心配そうに問われ、碧ははっと我《われ》に返った。

「大丈夫ですっ! だけどその、ちょっとバスルームに……っ」

両手で股間を隠しながら起き上がろうとすると、グレイソンの腕《うで》にやんわりと阻《はば》まれた。

(え? なんで?)

早く脱がないと、下着だけでなくチノパンにも染《し》みができてしまう。

グレイソンの腕から逃《のが》れようと、碧はもぞもぞともがいた。

「……あの、ちょっと服を脱ぎたいんです」

「ここで脱げばいい」

「いえあの、まだそういうの恥ずかしくて抵抗ありますし……っ」

必死で言い訳を探していると、グレイソンが耳元でくすくすと笑った。

「恥ずかしがらなくていい。俺たち恋人同士になったんだろう？　お互《たが》い隠しごとはなしだ」

「別に隠しごとっていうわけでは……ひゃっ！」

股間を押さえている手にグレイソンの大きな手を重ねられ、碧は悲鳴を上げた。

「俺が思うに、きみのここは濡《ぬ》れているんじゃないかなと」

「――‼」

グレイソンの指摘《してき》に、顔から勢いよく火が噴《ふ》き出す。

「濡らしてしまったから、早く脱ぎたいんだろう？」

恥ずかしい粗相はとっくにばれているようだ。観念して、碧は大きく肩《かた》で息をした。

「まあそうなんですけど、デリカシーがないですね」

「失礼。けど怒《おこ》られるのを承知で言わせてもらうと、きみがそういう状態になっていることに俺はすごく興奮してるし、できればじっくり見てみたい」

「ええっ？　やっ、あ……っ！」

尻《しり》に硬いものをぐいっと押しつけられ、碧は声を上擦らせた。

下着の中で射精してしまったことに、グレイソンが興奮している――それを知って、体の芯《しん》に再び熱い電流が走る。

実を言うと、女性としかつき合ったことのないグレイソンが男の体に欲情できるのだろうかと半信半疑だった。直前になってやっぱり無理だとか言い出すのではないかという懸念《けねん》が拭《ぬぐ》えなかったのだが、どうやら杞憂《きゆう》だったらしい。

（いや、まだわかんないけど）

経験値は大差で負けているが、同性愛者として生きてきた時間は自分のほうがずっと長い。つまり、自分のほうが先輩《せんぱい》だ。恥ずかしがっていないで、初心者のグレイソンを男同士の官能の世界に導かなくては。

「わかりました。このまま続けましょう」

意を決して、碧は起き上がってシャツのボタンを外した。

意を決したものの、やはり見られながら脱ぐのは恥ずかしい。ボタンを外し終える前にベッドの脇《わき》に下り、グレイソンに背を向ける。

（大丈夫、薄暗《うすぐら》いし、パンツも一緒《いっしょ》に脱いじゃえば目立たない）

そう自分に言い聞かせ、勢いよくシャツを脱ぎ捨てる。

ベルトを外し、チノパンとボクサーブリーフを同時に脱ごうともたついていると、グレイソンの手が伸《の》びてきた。

「待ってください、うわ……っ」

チノパンだけがすとんと床《ゆか》に落ち、水色のボクサーブリーフが取り残されてしまう。

問題の箇所《かしょ》に視線を向けると、下着の前に白濁の染みがくっきりと浮《う》かび上がっており……。

「あんまり焦《じ》らさないでくれ」

掠《かす》れた声で言って、グレイソンが碧の手首を握《にぎ》って引き寄せる。

ベッドに仰向《あおむ》けに倒《たお》れ込み、茫然《ぼうぜん》と天井《てんじょう》を見上げていると、グレイソンが碧の腰《こし》を跨《また》ぐようにしてのしかかってきた。

精液で汚《よご》した下着なんて、グレイソンを幻滅《げんめつ》させてしまうのではないか。

未練がましくボクサーブリーフの前を隠そうとするが、グレイソンの手のほうが早かった。

「びしょ濡れだ」

濡れた下着をまじまじと見つめられ、碧はかあっと頬《ほお》を赤らめた。

「わ、わかってます、あんまり見ないで……っ」

「どうして？　きみが俺とのキスやハグで感じた証拠《しょうこ》だろう？」

「そうだけどっ、あなたは同性相手は初めてでしょう？　だから」

「だから何？」

口元に笑《え》みを浮かべ、グレイソンが指先で濡れた場所をつうっとなぞる。

同性相手は初心者のくせに、グレイソンは余裕《よゆう》の表情だった。

やはりこういうところが経験値の差なのだろう。言い返したかったが、感じる場所をくすぐられて言葉が出てこないのが悔《くや》しい。

「……んっ、グレイソン、だめ……っ」

布越《ご》しのもどかしい刺激《しげき》に、碧は息を喘《あえ》がせた。下着の中で再び頭をもたげ始めたペニスは、直《じか》に触《ふ》れられたがってはしたなく疼《うず》いている。

「やめてほしい？」

言いながら、グレイソンが下着の上からペニスをやんわりと包み込んだ。

「ああ……っ」

あまりの心地《ここち》よさに腰が抜《ぬ》けそうになり、欲望が羞恥心《しゅうちしん》や理性を飲み込んでいく。

もう取り繕《つくろ》うことなどできそうになくて、碧はグレイソンの首に手をまわしてしがみついた。

「グレイソン……っ」

「碧、そんな色っぽい声で煽《あお》らないでくれ。俺ももう余裕がないんだ」

それが口先だけではないことは、掠れた声や下腹部に当たる屹立《きつりつ》からしっかり伝わってきた。

少々乱暴な手つきでボクサーブリーフを引きずり下ろされる。恥ずかしいという感情は消え失《う》せ、窮屈《きゅうくつ》な場所から解放されたペニスがぷるぷると悦《よろこ》びに震《ふる》えた。

グレイソンが体を起こし、碧の脚《あし》を跨いで膝立《ひざだ》ちになる。

「……っ」

黒いボクサーブリーフの猛々《たけだけ》しく盛り上がった部分に、思わず視線が吸い寄せられてしまった。

収まりきらなくなった男根が、ローライズの下着の上部からがっつりはみ出している。

グレイソンの牡《おす》の象徴《しょうちょう》は、想像していた以上のサイズだった。大きく笠《かさ》を広げた亀頭《きとう》が先走りでぬらぬらと濡れているさまが、卑猥《ひわい》なのに官能的で……。

(だけど、こんな大きいの入る？)

グレイソンが、碧に見せつけるようにゆっくりとボクサーブリーフを下ろす。

ぶるんと勢いよく揺《ゆ》れて露《あら》わになった男性器に、慌《あわ》てて碧は目を伏《ふ》せた。

けれど一瞬《いっしゅん》目にしたそれが、しっかり網膜《もうまく》に焼き付いている。血管が浮いた太くて長い茎《くき》、ずっしり重たげな陰嚢《いんのう》、成熟した牡の性器は、己《おのれ》の初々《ういうい》しいそれと同じ器官とは思えないほど逞《たくま》しかった。

(無理。あんなの絶対入らない)

碧の心の声を読み取ったのか、覆《おお》い被《かぶ》さってきたグレイソンが耳元で「お互い初心者だし、ただこうやって抱《だ》き合うだけにしよう」と囁《ささや》く。

「……ええ、そうしましょう……っ」

互いの性器が直に触れ合い、もう何も考えられそうになかった。

今夜はただグレイソンと肌《はだ》を触れ合わせ、初めて味わう快楽に身を委《ゆだ》ねたい。

「ん……あ、あぁっ」

グレイソンがゆるゆると腰を動かし、重なったペニスが擦《こす》れ合う。背徳的で生々しいその感《かん》触《しょく》に、碧は息を喘がせた。

「碧……なんて可愛《かわい》いんだ。きみのことが本当に愛《いと》おしい」

低くなめらかな声が何やらくり返し呟《つぶや》いているが、強烈《きょうれつ》な快感に支配されて意味が理解できない。

「あっ、も、もぅいくっ、出ちゃうっ」

「俺もだ。一緒にいこう」

「あああ……っ！」

グレイソンの逞しい体にしがみつきながら、碧は欲望の高みへと駆《か》け上がった――。

8

八月に入り、ニューヨークは連日猛暑《もうしょ》に見舞《みま》われていた。

マンハッタンのペントハウスにも、朝から強い日差しが降り注いでいる。

(今日も暑くなりそう)

薄目《うすめ》を開けて、碧は窓の外に視線を向けた。

空調の効いた室内は快適な温度と湿度《しつど》に保たれており、ブルックリンのアパートの部屋とは大違《おおちが》いだ。起きるにはまだ少し早い時間だったので、目を閉じてなめらかな肌触《はだざわ》りのシーツにうっとりと身を委ねる。

――碧がグレイソンのペントハウスで暮らし始めてそろそろ一ヶ月が過ぎようとしている。

本当は配水管の修理が終わった時点でアパートに帰るつもりだったのだが、グレイソンに引き留められてしまったのだ。

『きみがあの部屋に戻《もど》る合理的な理由がある？　戻るなら家具や家電製品も全部買い換《か》えなきゃならない。それに、失礼ながらあの物件はあちこちガタが来ている。今後もトラブルが頻発《ひんぱつ》するのが目に見えているのに住み続けるメリットは？』

『確かにあなたの言うとおりですけど、このままここに居候《いそうろう》を続けるわけにはいきません』

『どうして？』

心底不思議そうに尋《たず》ねられ、碧は肩《かた》をすくめた。

『これまではアパートのトラブルで避難《ひなん》させてもらってたわけで、トラブルが解決した今、同居を続けるとなれば別の理由が必要になるわけで……』

『恋人《こいびと》同士が同棲《どうせい》するのに、特別な理由が必要？』

『あなたは社長で僕は社員で……公《おおやけ》になるといろいろ面倒《めんどう》なことになりません？』

おそるおそる口にすると、グレイソンが声を立てて笑った。

『それを気にしていたのか。その点は心配しなくていい。うちの会社は職場恋愛《れんあい》を禁止していないし、俺が地位を利用して関係を強要したとすれば問題だが、そうじゃないだろう？』

『……男同士という点は？』

『批判するほうが間違ってる』

きっぱり言い切られて、碧としてもそれ以上反論する材料がなかった。

同棲するにあたり、家賃としていくらか受け取って欲しいと申し出たが、それも断られてしまい……。

『きみが家賃を払《はら》うというなら、その分きみの給料に上乗せするぞ。そうなれば経理担当者の手を煩《わずら》わせるだけけだ。頼《たの》むから、きみを甘やかす権利を存分に味わわせてくれ』

そんなわけで、晴れて居候から同棲に昇格《しょうかく》した。ただしふたりの関係は公表しておらず、会社ではこれまでどおり〝アパートのトラブルで一時的に避難〟ということになっている。

グレイソンは気にしていないようだが、公にするにはやはりいろいろリスクがある。会社では社長と社員、恋人同士になるのはプライベートの時間だけ、ふたりで話し合ってそう決めた。

(まさかグレイソンと恋人同士になって一緒《いっしょ》に住むことになるなんて、出会った頃《ころ》には微塵《みじん》も思わなかったな)

久々に〈バークレイ〉での日々を思い出しつつ、碧は寝室《しんしつ》の奥に視線を向けた。

壁《かべ》には碧が〈バークレイ〉で仕入れたルピタ・アロンソの絵が飾《かざ》られている。初めてこの寝室に入ったときはそれどころではなくて気づかなかったのだが、翌朝目覚めて懐《なつ》かしい絵を目にし、感激のあまりしばし言葉が出てこなかった。

(夜のほの暗い明かりに浮《う》かび上がるのもいいけど、こうやって朝の光の中で見るのがいちばん好き……)

絵を眺《なが》めつつ眠《ねむ》りに落ちかけたところで、隣《となり》で寝《ね》ていたグレイソンの腕《うで》が絡《から》みついてくる。

「おはよう、碧」

「……おはようございます」

グレイソンの体温と重みに、頭と体が一気に覚醒《かくせい》する。素肌《すはだ》が触れ合う感触に昨夜の行為《こうい》が生々しくよみがえり、碧は頬《ほお》を上気させた。

「起きるにはまだ早いな」

「ええ、でも早めに起きてバルコニーで朝食にするって手もありますよ」

「いいね。だけど俺としては、ここできみと昨夜の続きをしたい気分かな」

「ええ？　それはちょっと、ひゃっ」

うなじに口づけられ、思わず首をすくめる。

グレイソンは本気ではなくちょっとした悪戯《いたずら》のつもりだろうが、初《うぶ》な体は簡単に火が点《つ》いてしまう。出勤前に官能的な行為を愉《たの》しむ余裕《よゆう》はまだ持ち合わせていないので、碧は素早くベッドから抜《ぬ》け出した。

「シャワーを浴びて朝食の準備をします。あなたもさっさと起きて支度《したく》してください」

照れ隠《かく》しにそう言って、急いで自分の部屋のバスルームへ向かう。

ここに来た日に案内された寝室が碧の部屋ということになっているが、自分のベッドで寝たのは数えるほどだ。しかも夜中に目覚めるといつのまにかグレイソンが隣に寝ていたりするので、考えてみたらほぼ毎日同衾《どうきん》している。

(セックスは……したと言っていいのかわからないけど)

初めてのときと同じく、裸《はだか》で抱き合って互《たが》いの性器を擦《こす》り合わせる行為はセックスのうちに入るのだろうか。碧としてはあれも充分《じゅうぶん》にセックスなのだが、世間的にはどうなのだろう。

身につけていたTシャツとボクサーブリーフを脱《ぬ》いで、ガラス張りのシャワーブースに足を踏《ふ》み入れる。

昨夜はもう一段階進んで、グレイソンのものを太腿《ふともも》に挟《はさ》む素股《すまた》という淫《みだ》らな行為に耽《ふけ》ってしまった。初めての素股は気持ちよすぎて、今もまだグレイソンの太さや硬《かた》さ、熱い質感が敏感《びんかん》な肌に色濃《いろこ》く残っている。

（だめだめ、考えないようにしないと……っ）

じわりと芽生えかけた欲情の兆《きざ》しを振《ふ》り払い、碧はぬるめの湯を頭から浴びた。


シャワーを終えて身支度を整え、キッチンへ向かう。オムレツを作り、作り置きの自家製トマトソースをかけたところで、バスローブ姿のグレイソンがやってきた。

「美味《うま》そうだ」

「でしょう？　コーヒーお願いします。あとオーブンのベーグルも」

「了解《りょうかい》」

ふたりで手分けして朝食の準備を整え、バルコニーの日陰《ひかげ》の席に運ぶ。

すっかり日常となった風景だが、グレイソンと向かい合って朝食をとるのはまだ照れくささがある。ランチやディナーと違って前夜の名残《なごり》を感じるせいだろうか。

「今日は定時に上がれそうか？」

「多分。ヘレンがノロリダに出張中なので、何ごともなければ、ですが」

「じゃあ仕事が終わったらメールしてくれ。服を買いたいからつき合ってくれる？　そのあとどこかで夕食にしよう」

コーヒーカップを置いて、こくりと頷《うなず》く。

ショッピングにつき合うのは構わないのだが、一緒に店に行くとグレイソンは『これはきみに似合いそうだ』『スーツを仕立てるから、きみの分も一緒に』などと言って何か買ってくれようとする。

今の自分に高級なブランドものは分不相応だと思っているのでその都度辞退するのだが、三回に一回は押し切られている。店頭で断っても、後日自宅に届くこともしばしばだ。

『これは俺が好きでやってることだから、どうか受け取って欲しい。返品するのも面倒だし、いいだろう？』

グレイソンのプレゼントを迷惑《めいわく》に思っているわけではない。さすがに高級ブランドだけあって洒落《しゃれ》ているし、着心地《きごこち》は抜群《ばつぐん》だ。

だが、これまでつき合ってきた女性たちにも同じことをしていたのだろうなと思うと、素直《すなお》に喜べなくて……。

「どうした？」

知らず知らずのうちに渋《しぶ》い表情になっていたのだろう。グレイソンに怪訝《けげん》そうに尋ねられ、慌《あわ》てて碧は「いえ、別に」と笑《え》みを作った。

グレイソンがコーヒーカップを置き、組んでいた脚《あし》をほどいてこちらに向き直る。

「碧、きみとはお互いに遠慮《えんりょ》や隠しごとのない関係を築きたいと思ってる。思ったことは全部口に出して欲しい」

「……ええ、そうですね」

ひと呼吸置いて、碧は言葉を探しながら切り出した。

「あなたからのプレゼントとか素敵《すてき》なディナーとか、嬉《うれ》しいけどちょっと負担に感じてる部分もあって。僕としては、ショッピングよりも一緒に美術館やギャラリー巡《めぐ》りをしたいです」

「そうか、そうだな」

何度か頷いて、グレイソンが再びゆったりと脚を組む。

「俺の悪い癖《くせ》だ。長い間、交際相手には花やプレゼントを贈《おく》っておけばいいと思ってた。ただの自己満足だし失礼な話だよな」

「さっそくですけど、今日はギャラリーに行きませんか？　クイーンズのギャラリーで今週から始まった個展、見に行きたいと思ってて」

「こないだきみが言ってたポップアートの？　いいね、そうしよう」

グレイソンがちらりと時計を見て、空になった皿とカップを重ねて立ち上がる。

「そろそろ着替《きが》えないと。お先に」

グレイソンの後ろ姿を見送って、碧は小さく息を吐《は》いた。正直な気持ちを打ち明けることができてほっとしつつ、胸の中にまだ少しだけしこりが残っている。

グレイソンは碧のことを〝これまでの交際相手とは違う存在〟と捉《とら》えているらしい。彼の言動からも、大事に思ってくれていることはよくわかる。

だが、グレイソンの交際相手への執着《しゅうちゃく》のなさは〈バークレイ〉勤務時代に散々見聞きしてきた。今は大事にしてくれているけれど、グレイソンが飽《あ》きたらそこで終わりだ——。

軽く頭を振って、カップに残っていたコーヒーを喉《のど》に流し込む。

先のことを考えて悲観的になっても仕方ない。だが、終わりを迎《むか》えたときにショックを受けないよう、この関係に期待しすぎないほうがいい。

グレイソンとの関係について考えるたびに、碧の脳裏《のうり》には〈バークレイ〉に乗り込んで喚《わめ》き散らしていた女性の姿が浮かぶ。

ああはなりたくない。あんなふうに、グレイソンを恨《うら》んだり憎《にく》んだりしたくない。

(……大丈夫《だいじょうぶ》。僕はまだ冷静で、グレイソンとの関係にのめり込んでるわけじゃない)

自分の気持ちにしっかりブレーキをかけ、碧は勢いよく立ち上がった。

「ああ、その件については結論を急がないほうがいい。後日改めて話し合おう」

黒塗《くろぬ》りの高級車の後部座席で、グレイソンがあちこちに電話しながらてきぱきと指示を出していく。

多忙《たぼう》な彼は通勤や移動の時間も無駄《むだ》にはしない。今朝も車の後部座席に収まるなり、スマホとタブレットを取り出し仕事を始めた。

オンとオフをきっちり分けるため、家では極力仕事をしない主義らしい。グレイソン曰《いわ》く、プライベートの時間に仕事を持ち込むと、自分でも気づかないうちにストレスが蓄積《ちくせき》していくのだという。

ひととおり電話を終えたグレイソンが、脚を組んでメールのチェックを始めた。

「今朝はやけにメールが多いな。いったい何ごとだ？」

独りごちながらスマホを操作し、数秒後に「原因はこれか」とため息をつく。

「何かあったんですか？」

尋《たず》ねると、グレイソンがスマホの画面をこちらへ向けて見せた。

ネットの記事の見出しにどきりとする。急いで碧もスマホを取り出し、サイトを開いた。

『消えたサファイアのブローチ、あのセレブ社長と意外な関《かか》わりが!?』

唇《くちびる》を引き結び、記事に目を通す。記事は二十五年前のロックリー伯爵《はくしゃく》のスキャンダルの詳細《しょうさい》から始まっていた。

『ロックリー伯爵に息子《むすこ》がいたことを覚えているだろうか。あれから二十五年、幼かった少年はアメリカで華麗《かれい》な転身を遂《と》げていた。皆《みな》さんも経済誌や社交界の話題で目にしたことがあるだろう、あの〈GBインベストメント〉の若き社長、グレイソン・ブラックウェル氏こそ、ロックリー伯爵のひとり息子なのである』

嫌《いや》な予感が押し寄せてくる。記事を読み進めると、盗《ぬす》まれたサファイアのブローチはもともととロックリー伯爵が所有していたこと、グレイソンがビジネスで成功したあと、散逸《さんいつ》した伯爵家のコレクションを買い戻《もど》していることが書かれていた。

『ブラックウェル氏はハウザー氏が件《くだん》のブローチを所有していることを知って、買い取りたいと申し出た。しかしハウザー氏はこの申し出を断った。あのブローチを売る気はない、と。伯爵家のコレクションに執着していた彼が、ギャラリーでのパーティに出席したのは当然の成り行きだろう。だが、そこで予期せぬ出来事が起きる。ブローチが何者かに盗まれたのだ』

記事は思わせぶりな書き方で続いていた。もちろん〝グレイソンがあの盗難《とうなん》事件の黒幕では？〟などとストレートには書いていない。だが、読んだ人がグレイソンに疑いを持つよう仕向ける書き方だった。

「名誉毀損《めいよきそん》で訴《うった》えてやる。出社したらまず顧問《こもん》弁護士に相談だな」

淡々《たんたん》とした口調だが、グレイソンの声には苛立《いらだ》ちと怒《いか》りが漲《みなぎ》っていた。

顔を上げて目が合うと、グレイソンが眉根《まゆね》を寄せたのち、ふっと表情をやわらげる。

「きみも俺のことを疑った？」

「実はちょっとだけ」

正直に答えると、グレイソンが声を立てて笑った。

「まあ疑われても仕方ないよな。けど本当に俺じゃない。確かにあのブローチを手に入れたいと思っていたが、どんな手を使っても、というほどじゃないんだ」

「ええ、今ならよくわかります。あなたが物に執着しないってこと」

肩《かた》をすくめて視線を自分のスマホに戻す。しばしの沈黙《ちんもく》ののち、グレイソンが「そういえば」と思い出したように口を開いた。

「二、三日前に警察から連絡《れんらく》をもらったんだ。例の行方《ゆくえ》不明のウェイター、盗難事件の翌日にメキシコに入国したことが判明したそうだ」

「メキシコ？　ブローチを盗んだあと、すぐに逃亡《とうぼう》できるように準備してたんだ」

「だろうね。一応メキシコの警察にも協力を要請《ようせい》したそうだが、望みは薄《うす》いだろうな」

「あのブローチが戻ってくる可能性は極《きわ》めて低いということですね……」

責任を感じて目を伏《ふ》せると、グレイソンに太腿《ふともも》をぽんぽんと軽く叩《たた》かれた。

「言っただろう、俺は物には執着しない。あのブローチとは縁《えん》がなかったんだ」

「あなたはそうでも、持ち主のハウザー氏はそうは思ってないかも」

碧の指摘《してき》に、グレイソンがくすくす笑う。

「そうだった。今現在の正当な所有者はハウザー氏だったな。俺が今やるべきことは、いい加減な記事を書いた記者を訴えること」

グレイソンが、おどけた表情でスマホに指を突《つ》きつけてみせる。

先ほどのピリピリした怒気《どき》がすっかり消え失《う》せていることにほっとしつつ、心の片隅《かたすみ》にネガティブな感情がわだかまっていた。

RUBY INFORMATION 3

March 2023

イラスト／hagi

公式HP https://ruby.kadokawa.co.jp/ Twitter https://twitter.com/rubybunko
〒102-8177 東京都千代田区富士見2-13-3 発行:株式会社KADOKAWA

——俺の心を乱すのが
本当に上手いな
孤独な皇帝×涙が宝石になる青年の、
中華後宮ファンタジー!!

孤独な煌帝の幸せの金糸雀《カナリア》

貫井《ぬくい》ひつじ　イラスト／hagi

涙が宝石になる一族の怜優は、後宮に囚われるが、皇帝・煌牙に助けられ“姫君”として匿われる。露悪的に振る舞うものの、優しい煌牙に惹かれる怜優。だが全てが手に入る皇帝でありながら、孤独な彼の境遇を知り…？

好評既刊　『赤獅子王の運命は純白オメガ』イラスト／北沢きょう
『氷の軍神と陽だまりの最愛』イラスト／カワイチハル
『狼殿下と身代わりの黒猫恋妻』イラスト／芦原モカ

Ruby collection　ルビー文庫発! 本格ファンタジーBL小説単行本

はなのみやこ イラスト/香坂《こうさか》あきほ

「後宮を飛び出したとある側室の話」シリーズ
待望の書籍化第2弾!

現代から転生したリードは、大国の王の側室だった過去を清算、周囲からも祝福されて王太子・ラウルの唯一の妃となった。だがラウルの従弟・ルイスがリードに一目惚れしてしまい、二人の仲にもすれ違いが生じ!?

単行本/B6判/定価1,650円(本体1,500円+税) ※2023年3月現在の定価です。

受:リード
大国の王・リケルメの側室だったが出奔。現在は王太子・ラウルの唯一の妃となる。

攻:ラウル
オルテンシアの美貌の王太子。リケルメとは叔父・甥の関係。

竜也《たつや》りく イラスト/秋吉《あきよし》しま

熱血剣士×一途な美形槍使い。
幼馴染冒険者コンビのじれじれBL!

幼馴染の冒険者仲間であるカーマインへの想いを断ち切るため、ライアは『聖騎士の塔』に籠って人生をやり直そうと決意する。一方、長年の連れに去られたカーマインは、その存在の大きさに気づき、ライアの帰りを待つと決めて…?

単行本/B6判/定価1,430円(本体1,300円+税) ※2023年3月現在の定価です。

受:ライア
クールな槍使い。幼馴染のカーマインに片思いしていたが、別離を決意し修行に出る。

攻:カーマイン
熱血な大剣使い。長年の冒険の相棒であるライアに去られ、その存在の大きさに気づき…?

われもの。 イラスト/金《かね》ひかる

最強美形騎士×運命を握るヤンキー転生者。
孤独な魂が惹かれ合う激熱BL!

勇者候補として異世界転生したものの、王さまに反発したら放逐されて、冒険ギルドで奮闘することになったヤンキーの大河。何故か魔族しか持たないはずの【闇属性】を持つことで、最強美形騎士に執着されてしまい!?

単行本/B6判/定価1,540円(本体1,400円+税) ※2023年3月現在の定価です。

受:蓮見大河
ヤンキー気質の異世界転生者。何故か【闇属性】を持つことでトラブルに巻き込まれる。

攻:シェイド・クロフォード
宰相である公爵の息子。桁外れの魔力を持つ王直属の最強の騎士。超絶美男子。

最新刊の刊行情報や特典情報など、お知らせいたします♪
今すぐCheck!　https://ruby.kadokawa.co.jp/product/collection/

おれの魂を慰めろ
秘密を抱える道士×悪鬼に
狙われる美青年の中華ファンタジー

仙愛異聞 凶王の息子と甘露の契り

佐竹《さたけ》 笙《しょう》 イラスト／高崎《たかさき》ぼすこ

裕福な質屋に生まれた優瑶は突然義賊の襲撃を受け、女衒に売られてしまうが、悪鬼退治を生業とする道士・羅に助けられ、父親が悪鬼に憑かれていたことを知る。恩を返すためにも羅の家に居候することになるが？

好評既刊 『冷酷な覇王の予期せぬ溺愛』イラスト／森原八鹿
『有翼の騎士の一途な求愛』イラスト／秋吉しま
『天才魔導士の過保護な溺愛』イラスト／kivvi

きみは、俺の理性を
ぶち壊すのが上手いな。
完璧すぎるスパダリ社長×実は情熱的な
アートディレクターの卵、束縛さえも甘い恋

貴公子は運命の宝石に口づける

神香《じんか》うらら イラスト／明神《みょうじん》 翼

ギャラリーで働く碧は、辣腕社長・グレイソンの高貴だが不幸な生い立ちを知り、パーティーでの宝石盗難事件の関与を疑う。だが、彼の誠実さに触れ惹かれていく。ある夜、碧は彼に熱く口説かれ甘すぎるキスで蕩かされる！

好評既刊 『御曹司は愛犬家と恋に落ちる』イラスト／明神 翼
『御曹司の極秘純愛ミッション』イラスト／明神 翼
『極上御曹司の恋愛成就方程式』イラスト／明神 翼

グレイソンの出自を勝手に暴《あば》き、あたかもグレイソンが盗むよう指示したかのような不快な記事。そして、まんまとメキシコに逃《に》げおおせた偽《にせ》ウェイター。

（綿密に逃走計画まで立ててたのに、どうして他《ほか》の物は盗まずにあのブローチだけ盗んだんだろう）

　犯人が捕《つか》まらない限り、この疑問は解けそうにない。

　一連の事件を頭から追い出そうと、碧は窓の外に視線を向けた。

9

「ええ、その件は来週末までに結論を出すそうです。正直なところ断られる確率のほうが高そうなので、代替案《だいたいあん》をいくつか用意しておきます」

『そうしてちょうだい。私も火曜日にはそっちに戻れると思う』

「了解《りょうかい》です。お気をつけて」

　八月半ばの金曜日、午後五時。ヘレンとのテレビ通話を終えた碧は、立ち上がってうーんと伸《の》びをした。

忙《いそが》しい一週間だった。不動産業者との交渉《こうしょう》、美術誌の取材、合間に美術館やギャラリーに足を運んで新人アーティストをチェックし、会社に戻って書類仕事を片付け……。

このところヘレンは有望な新人を発掘《はっくつ》するため全米各地を駆《か》けまわっており、オフィスは碧ひとりのことが多い。それを知ったグレイソンがちょくちょく三十階から訪ねてくるようになり、テイクアウトのランチを一緒《いっしょ》に食べたりしている。

グレイソンと一緒に過ごせるのは嬉《うれ》しい。が、職場での逢瀬《おうせ》には緊張感《きんちょうかん》もつきまとう。

今日もランチを終えてふたりでコーヒーを飲んでいると、総務部のスタッフが訪ねてきて碧を慌《あわ》てさせた。

『社長、ここにいらしたんですか』

『ああ。育成プロジェクトの進捗状況《しんちょくじょうきょう》を聞きたくてね。お互《たが》い忙しくてなかなか時間が取れないから、ランチミーティングにしたんだ』

グレイソンはしれっとしていたが、碧は気が気でなかった。ランチミーティングと言うには距離《きょり》が近すぎたし、突然《とつぜん》のことで顔も少し赤くなっていたと思う。

ポーカーフェイスは苦手ではないと自負しているが、心の準備が必要だ。

(心の準備が必要という時点で、ポーカーフェイスに向いていないのかもしれないけど)

ふたりの関係がばれたところで、実のところさほど影響《えいきょう》はないのだろうとは思う。グレイソンが言っていたとおり社内恋愛《れんあい》は禁止ではないし、同性同士である点を批判されるいわれはない。周囲の視線に多少居心地《いごこち》が悪くなりそうではあるが、それも気づかぬふりでやり過ごせば済む話だ。

だが、今はタイミング的にまずい。例の暴露《ばくろ》記事のせいで、グレイソンはいつも以上に注目を集めている。

グレイソンが名誉毀損で訴えて記事は削除《さくじょ》されたが、一度ネットに上がった記事を完全に消し去ることは難しい。ネガティブなイメージがついてしまった今、話題の社長が同性の部下と交際中などと報じられたら、ここぞとばかりに叩《たた》かれるに決まっている。

(グレイソンは気にしなくていいって言うけど、そういうわけにもいかないでしょ)

ため息をついてパソコンに向き直り、メールチェックに取りかかる。

五十件以上のメールに目を通して急ぎの案件から順に返信を打ち、半分ほど終えたところでドアをノックする音が響《ひび》いた。

「はい」

返事をすると同時に、ドアが勢いよく開く。

「碧、今ちょっといいかな?」

「ええ、構いません」

オフィス内に誰《だれ》もいないことを確認《かくにん》してから、グレイソンが大股《おおまた》で近づいてくる。

「今すぐ帰宅して荷造りだ」

「ええ？」

「美術館巡《めぐ》りの計画を実行しよう。まずはきみが行ってみたいって言ってたカリフォルニア州の現代アート美術館。今夜発《た》ってLAに泊《と》まって、明日《あした》車で向かう」

「ええと……素敵《すてき》なプランですけど、今は時期的にまずいんじゃ……」

急な話に戸惑《とまど》いつつ懸念《けねん》を口にすると、グレイソンが大袈裟《おおげさ》に顔をしかめてみせた。

「例の記事のことを気にしてるのか？　毎日大量のゴシップが出まわってて、二週間前の話題を覚えてる人なんかいない。きみがやたらと気にしてる俺たちの関係も、外野は社長が社員を連れて視察に来たとしか思わないさ」

「まあそうなんでしょうけど。でも確か、現代アート美術館は改装中だったような」

「そのとおり。一般《いっぱん》公開はもうちょっと先だが、改装はほぼ終わってる。責任者に頼《たの》んで、特別に入れてもらえることになったんだ」

「本当に？」

驚《おどろ》いて、グレイソンの顔を見上げる。

「ああ、これまでに築いた人脈が大いに役に立ったよ。今夜九時の便で出発だ。急いで帰って荷造りしよう」

「ずいぶん急ですね。ランチのときには何も言ってなかったのに」

「あのときはまだ返事待ちでね。計画を話そうかとも思ったんだが、だめだった場合がっかりするだろう？」

「ですね。あの、もしかして貸し切りってことですか？」

グレイソンがこくりと頷《うなず》く。

「ただし、貸し切りは明日の午後三時から五時までだ。さすがに一日貸し切りというわけにはいかなかった。まあ二時間あれば全部見てまわれると思うが」

「充分《じゅうぶん》です、充分すぎるくらいです」

思わず拳《こぶし》を握《にぎ》り、声を上擦《うわず》らせる。

大人気の美術館を二時間も貸し切りで鑑賞《かんしょう》できるなんて、最高の贅沢《ぜいたく》だ。何より、多忙《たぼう》なグレイソンがわざわざ時間を作ってくれたことが嬉しい。

「ちょっとだけ待ってください。すぐ終わらせます」

「じゃあ十五分後に駐車場《ちゅうしゃじょう》で」

「了解です」

残りのメールの返事は来週でも構わないだろう。ヘレンにも、急遽《きゅうきょ》視察に行くことになったと今夜メールすればいい。

パソコンの電源を落とし、碧は急いで帰り支度《じたく》に取りかかった。

三時間後、空港に到着《とうちゃく》した碧は、再び驚かされることとなった。

「え、ここ、どこですか？」

車から降り立ち、普段《ふだん》利用している空港と違《ちが》うことに気づき、隣《となり》のグレイソンを見上げる。

「空港だよ。急ごう、離陸《りりく》時間が近づいてる」

促《うなが》されて慌ててグレイソンの背中を追い、こぢんまりした建物に足を踏《ふ》み入れたところで、ようやくここがどういう場所か理解した。

「まさか、プライベートジェット？」

おそるおそる尋《たず》ねると、振《ふ》り返ったグレイソンがにやりと笑う。

「チャーター機だ。ファーストクラスもビジネスクラスも空きがなくて、だったらいっそチャーター機にしようと」

「その発想があり得ないですね。エコノミーでよかったのに」

「きみとの初旅行だから、ふたりきりで過ごしたいと思って」

さらりと告げられ、心臓がどくんと跳《は》ね上がる。

まったく、不意打ちでこんな甘ったるいセリフを口にしないでほしい。

(素直《すなお》に喜べばいいんだろうけど……)

グレイソンがロマンティックな言葉を口にするたび、碧は複雑な気分になってしまう。これまでつき合ってきた女性たちにもこんなふうに甘いセリフを囁《ささや》いていたのだろうと思うと、言葉に真剣味《しんけんみ》を感じられないのだ。

嘘《うそ》をついているとまでは思わないが、100パーセント信用もできない感じで……。

「九時のフライトを予約しているブラックウェルです」

グレイソンが受付カウンターのスタッフに声をかけ、慣れた様子で搭乗《とうじょう》の手続きを進めていく。当然ながら一般の空港と違って待ち時間もなく、何もかもがスムーズで、数分後には碧はチャーター機のゆったりとした座席に収まっていた。

（……まじで別世界）

客室乗務員が、冷えたシャンパンをグラスに注いでくれる。色とりどりのカットフルーツと洒落《しゃれ》たチーズの盛り合わせも運ばれていた。

荷造りでバタバタして夕食を食べ損《そこ》ねたのだが、グレイソンが「機内食が充実してるから心配ない」と言っていたとおり、これは期待できそうだ。

「一緒に住み始めてからだいぶ驚かなくなってきてたけど、これは本当に驚きました」

客室乗務員が立ち去ってから、小声で呟《つぶや》く。

「チャーター機を手配した甲斐《かい》があったな。離陸前に、まずは乾杯《かんぱい》しよう」

満足そうに微笑《ほほえ》んで、グレイソンがシャンパンのグラスを掲《かか》げた。

「ええ、乾杯」

グレイソンと目を見交《みか》わし、グラスを軽く合わせる。

先のことをあれこれ心配しても仕方がない。今この瞬間《しゅんかん》を、心ゆくまで楽しもう。

先ほど感じたもやもや感を振り払《はら》って、碧は冷えたシャンパンに口をつけた。

10

シャワーの栓《せん》を閉めて、碧はふうっと息を吐《は》いた。

ふかふかのバスタオルで髪《かみ》と体を拭《ふ》き、バスローブを羽織ってドライヤーをかける。

(ほんとに夢みたいな一日だった……)

金曜の夜にニューヨークを発ち、土曜の未明にロサンゼルスに到着。そのままリムジンでホテルに向かい、シャワーを浴びてベッドに入って爆睡《ばくすい》。昼前に起きてルームサービスのランチをとって、再びリムジンでLA近郊《きんこう》の美術館へ。

美術館は期待どおり、いや、期待以上の素晴《すば》らしさだった。

何度も写真や映像で見たことがあるが、やはり実際に足を運んでこの目で見ると印象が全然違う。しかも貸し切りで、案内してくれた館長から興味深い話をたくさん聞くこともできた。

名残惜《なごりお》しい気持ちで美術館をあとにし、グレイソンが予約してくれた日本食のレストランで夕食をとり……。

明日はLAのギャラリーをいくつか見てまわり、午後三時の便でニューヨークに戻《もど》ることになっている。

金曜夜から日曜日までの短い旅行だが、これほど濃密《のうみつ》な時間を過ごしたのは初めてだ。きっと、生涯《しょうがい》忘れられない大切な思い出になるだろう。

ドライヤーのスイッチを切って、碧は鏡を覗《のぞ》き込んだ。

初日は深夜に到着し、疲《つか》れてすぐに寝《ね》てしまったのだが、今夜はグレイソンと恋人《こいびと》らしい夜にしたい。いつも以上に情熱的で、特別な夜に。

（……大丈夫《だいじょうぶ》。準備はできてる）

今夜こそグレイソンと一線を越《こ》えたい。つまり、最後までしたい。

グレイソンは碧の体に負担をかけまいと気遣《きづか》ってくれているが、碧はもう肌《はだ》を触《ふ》れ合わせるだけの行為《こうい》に満足できなくなりつつあった。

グレイソンの逞《たくま》しい屹立《きつりつ》に触れるたび、この硬《かた》くて太いもので擦って欲しくて媚肉《びにく》がはしたなく疼《うず》いてしまう。

こんなに大きなものが入るだろうかという不安もあるが、ローターやディルドを使った経験もあるし、いつものようにローションをたっぷりつけてほぐせばなんとかなるだろう。

もう一度鏡を覗いて髪を整え、碧はくるりと踵《きびす》を返した。

最上階スイートルームのリビングの向こうに、ＬＡの夜景が広がっている。先にシャワーを終えたグレイソンは、ソファに掛《か》けて小型のノートパソコンを操作していた。

「仕事ですか？」

「ああ、ちょっとだけ。もう終わる」

冷蔵庫からミネラルウォーターを取り出し、夜景を眺《なが》めながら半分ほど飲んだところで、グレイソンが「よし、終わり。続きは月曜日だ」とパソコンを閉じる。

「寝るにはまだちょっと早いな。映画でも観《み》る？」

「いえ」

ペットボトルを置いて、碧はグレイソンの隣に浅く掛けた。

「寝るには早いけど、ベッドに行くのはどうでしょう」

もっと色っぽく誘《さそ》いたかったのだが、ぎこちなくなってしまう。

けれど意味は通じたようで、グレイソンが口元に笑《え》みを浮《う》かべて手を伸《の》ばしてきた。

「いいね。実を言うと、俺もそうしたいと思ってたんだ」

「……っ」

首筋から耳の下あたりの敏感《びんかん》な部分を指先でなぞられて、くすぐったさに首をすくめる。

たったそれだけで体の芯《しん》に火が点《つ》き、思わず立ち上がろうとしたところで下半身の力がくたっと抜《ぬ》けてしまった。

「おっと、危ない。転ばないように俺が運ぼう」

「大丈夫、自分で歩けますから、うわ……っ」

軽々と抱《だ》き上げられて、碧は小さく声を上げた。

人生で二度目のお姫《ひめ》さま抱っこだ。初めてグレイソンに抱き上げられたときの記憶《きおく》がよみがえり、かあっと頬《ほお》が熱くなる。

リビングの隣《となり》、寝室のキングサイズのベッドにそっと下ろされ、碧はどぎまぎしながらバスローブの胸元《むなもと》をかき合わせた。

「きみからのお誘いはすごく嬉《うれ》しいよ。正直、かなり抑《おさ》えているんだ。がっついてると思われたくなくて」

セリフとは裏腹に、グレイソンが余裕《よゆう》たっぷりの笑みを浮かべながらバスローブのベルトをほどく。

グレイソンは、バスローブの下には何もつけていなかった。薄闇《うすやみ》の中、窓から差し込むネオンの明かりに均整の取れた逞しい体が浮かび上がる。

その神々《こうごう》しい美しさに、碧は恥《は》じらいも忘れて見入った。時が止まったように息を詰《つ》めていると、グレイソンの手が碧のバスローブのベルトをするりと解いていく。

（あ……パ、パンツが……っ）

ずっと引き出しの奥にしまい込んでいたとっておきのビキニブリーフ――いわゆる勝負下着

が露《あら》わになる。透《す》け感のある白い布地が盛り上がっているさまが、なんとも卑猥《ひわい》で恥ずかしい。普段《ふだん》は何の変哲《へんてつ》もないボクサーブリーフを愛用しているので、グレイソンも初めて目にするセクシーな下着に驚《おどろ》いたように目を瞬《またた》かせた。

「いいね。実にいい」

一拍置《いっぱく》いて、掠《かす》れた声で呟く。

エロティックな下着でアピールしようとした自分が急に気恥ずかしくなり、碧はもじもじと太腿《ふともも》を擦《す》り寄せた。

「誤解しないで欲しいんだが、いつものきみの下着も好きだよ。けど、こういう下着はなんというか……大いにそそられる」

グレイソンの視線と言葉に、下着の中でペニスがあからさまに反応する。伸縮性《しんしゅく》のある薄い生地《きじ》が勃起《ぼっき》の形に盛り上がり、鈴口《すずぐち》からとろりと先走りが漏《も》れるのがわかった。

「じゃあ……これからは毎日こういうの穿《は》こうかな」

照れ隠《かく》しにわざと軽い口調で応じると、グレイソンが眉根《まゆね》を寄せた。

「だめだ。会社できみを見かけて、スーツの下にセクシーな下着をつけていると思うと仕事に支障が出る」

「何言って……あああっ」

指の腹で濡《ぬ》れた部分をなぞられ、碧は反射的に太腿を閉じた。

けれど欲望の波を押しとどめられるはずもなく、布地に淫《みだ》らな染《し》みが広がっていく。濡れた部分に初々《ういうい》しいピンクの亀頭《きとう》がくっきり透けて、恥ずかしくて隠したい気持ちとグレイソンに見て欲しい気持ちが奇妙《きみょう》に絡《から》み合い……。

「グレイソン……っ」

熱に浮かされたように名前を呼んで、逞しい腕《うで》にしがみつく。

「どうした？　もう出そう？」

「えっと……それもあるんですけど」

ひと呼吸置いてから、意を決して口を開く。

「……今夜は……もう一歩先に進みたいんです。その、最後まで」

語尾《ごび》が尻《しり》すぼみになってしまったが、グレイソンにはしっかり伝わったようだった。

目を見開いて固まったのち、グレイソンが押し殺した声で何やら呟《つぶや》きながら体を起こす。

「きみは本当に、俺が全力で保っている理性をぶち壊《こわ》すのが上手《うま》いな」

「えっ？　嫌《いや》なら別にいいんです、無理強《むりじ》いはしません」

慌《あわ》てて言い募《つの》ると、グレイソンが実に魅力《みりょく》的な笑みを浮かべた。

「嫌なわけないだろう。これまで必死に我慢《がまん》してきたんだぞ」

「そうなんですか？」

「さっきも言ったように、がっついてると思われたくないからな」

　グレイソンは挿入《そうにゅう》なしの行為で満足しているのかと思っていた。どうやら碧のペースに合わせようと努力してくれていたらしい。

「実を言うと、俺も今回の旅行で一歩進めたらいいなと思ってたんだ。だからこれを用意してきた」

　言いながら、グレイソンがサイドテーブルの引き出しから潤滑《じゅんかつ》用のジェルを取り出す。

　碧も普段使っているローションをポーチに隠して持参したのだが、ここはグレイソンの気遣いをありがたく受け取ることにした。

「じゃあああの……準備します」

　手を出してジェルのチューブを受け取ろうとすると、グレイソンがひょいと引っ込める。

「俺にやらせてくれ」

「ええっ？」

「俺がやる。これはふたりの共同作業だろう？　今後のためにも、きみの体のことは隅々《すみずみ》まで知っておきたいんだ」

　グレイソンの長い指が、ジェルをすくって中に塗《ぬ》り込める——想像しただけで、かあっと頬が熱くなる。けれど指どころか彼のペニスを迎《むか》え入れるわけだし、恥ずかしいけれどこれはセックスに必要な手順だ。

「わ、わかりました」

下着を脱《ぬ》ごうと手を掛けたところで、「ちょっと待った」とストップがかかる。

何ごとだろうと顔を上げると、グレイソンがにやりと笑みを浮かべた。

「脱がせる愉《たの》しみを奪《うば》わないでくれ」

「え？　あ、ちょっと……っ」

グレイソンが屈《かが》み込み、下着の中央に顔を近づける。

布地の上から高ぶった部分をぱくりと咥《くわ》えられ、驚いて碧は目を見開いた。

更《さら》には布越《ご》しにねっとりと熱い舌を這《は》わされ……。

「あああ……っ」

ぴったりと張りついたビキニブリーフの中に、精液がほとばしる。

限界まで膨《ふく》らんでいた欲望があっけなく破裂《はれつ》し、碧は茫然《ぼうぜん》と宙を見上げた。

せっかくの勝負下着を汚《よご》してしまった。恥ずかしいのに、グレイソンに下着を濡らすところを見られてぞくぞくするような興奮を覚えている。

しばしこの快感の余韻《よいん》に身を委《ゆだ》ねたかったが、グレイソンの獣《けもの》のような唸《うな》り声に現実に引き戻《もど》されてしまった。

「もっとじっくり観察したいところだが、それは次回以降に」

言いながらグレイソンが少々荒《あら》っぽい手つきで濡れた下着を引きずり下ろす。

一糸まとわぬ姿になった碧は、視線をそらしつつ、グレイソンが潤滑ジェルを塗りやすいように両膝《りょうひざ》を立てて脚《あし》を少し開いた。

「……ん……っ」

ジェルでぬるついたグレイソンの指が、奥まった場所にある蕾《つぼみ》の周囲をなぞる。それだけで全身の肌《はだ》がぞくぞくと粟立《あわだ》ち、いったばかりなのに早くも体の芯に熱が集まり始めた。

やがて指が襞《ひだ》をかき分けるようにして中へ入ってきて、粘膜《ねんまく》にジェルを塗り込んでいく。碧の体を気遣《きづか》ってくれているのだろう、優《やさ》しく丁寧《ていねい》な動きに、碧はもどかしさを募らせた。

「グレイソン、もう大丈夫《だいじょうぶ》だから……っ、あ、ああっ！」

指の腹が感じるスポットに当たり、思わず嬌声《きょうせい》が漏れる。

「ここか。ここがきみの気持ちいい場所だな？」

言いながら、グレイソンが位置を確かめるように丹念《たんねん》にジェルを塗り込める。

「だめ、あ、また出ちゃう……っ」

硬《かた》さを保ったペニスがぷるぷると揺《ゆ》れ、先ほどの残滓《ざんし》か新たな先走りか、何やら淫らな液体を零《こぼ》すのがわかった。

蕾がやわらかくほぐれ、媚肉《びにく》も充分《じゅうぶん》に潤《うるお》っている。指ではもう物足りなくて、碧は「もう大丈夫だから」とグレイソンの手を掴《つか》んだ。

グレイソンがバスローブを脱ぎ捨て、碧の両脚を抱《かか》えて交合の体勢を整える。

猛々《たけだけ》しくそそり立つ牡《おす》の象徴《しょうちょう》を、碧はうっとりと見つめた。

この手で何度も触《ふ》れて、硬さと太さ、質感は熟知している。大きく張り出した亀頭が入るかどうか不安もあるが、やってみなくてはわからない。

蕾にぬるついた亀頭を押し当てられ、その生々しい感触《かんしょく》に息を呑《の》む。

グレイソンが大きく深呼吸し、窄《すぼ》まった蕾をじわじわとかき分けた。

（うわ、うわ、グレイソンのが入ってくる！）

ローターやディルドとは比べものにならない太さだ。けれど無機質なプラスチックと違《ちが》い、弾力《だんりょく》のある生身のペニスは媚肉と相性《あいしょう》が良かった。

無意識にぎゅっと目を閉じ、広げられる痛みに備える。けれど己《おのれ》の蕾は思っていた以上に柔《じゅう》軟《なん》性があるのか、多少の痛みはあるものの悲鳴を上げるほどではなかった。

グレイソンの砲身《ほうしん》が押し入ってくることに興奮して、少々感覚が麻痺《まひ》しているのかもしれない。欲情の麻酔《ますい》が最後まで効いてくれればいいのだが……などと考えていると、ふとグレイソンが動きを止めた。

「碧……これは思った以上にやばい」

苦悶《くもん》の表情を浮《う》かべ、掠れた声で呟く。

「え？　何かまずい事態ですか？」

やはり男同士のセックスは無理だと言われるのかと思い、さあっと欲望の炎《ほのお》がかき消えていく。

「ああ、かなりやばい。先っぽを入れただけなのにもう限界だ」

「ええっ？　あ……っ」

蕾の中でグレイソンの亀頭がびくびくと動き、熱い液体が流れ込む。一拍遅《いっぱくおく》れてグレイソンが射精したことを理解し、碧の体は瞬《また》く間に欲望の炎をよみがえらせた。

「グレイソン、ん、あああ……っ！」

ぐいと腰《こし》を突《つ》き入れられ、媚肉に衝撃《しょうげき》が広がる。グレイソンの侵入《しんにゅう》は、痛みと快感が渾然一《こんぜんいっ》体《たい》となって脳天を直撃した。

「すまない、痛かった？」

「ちょっとだけ……あ、う、動かないで……っ」

「わかった、ちょっと休憩《きゅうけい》だ」

グレイソンが動きを止め、碧は浅い呼吸をくり返した。

いったばかりなのに、グレイソンの巨砲《きょほう》は硬さを保っている。蜜壺《みつつぼ》の中で脈打つそれが愛《いと》おしくなり、碧はグレイソンの首に手をまわした。

グレイソンも碧の体を抱《だ》き寄せ、互《たが》いの肌が密着する。グレイソンと抱き合っているうちに衝撃がやわらぎ、快感が痛みを上まわり始めるのがわかった。

「ん……」

抱き合ったまま、熱い口づけをかわす。舌を絡《から》め合っていると、ふいに蜜壺の中でグレイソ

ンの男根がぐっと体積を増した。

(うわ、グレイソンのが、中でおっきくなってる……っ)

二度目の射精に向けて、逞《たくま》しい牡が再び力を漲《みなぎ》らせている。グレイソンが自分の中でむくむくと欲望を募らせていることに興奮したのか、碧のペニスもくいと頭をもたげた。

「グレイソン、もう再開して大丈夫です」

蜜壺の奥へ誘《さそ》い込むように、もじもじと腰を揺らす。

グレイソンが低く呻《うめ》き、体を起こして再び交接の体勢を取った。

「あ、ああんっ!」

脚を大きく割り広げられ、極太《ごくぶと》の砲身がずぶりと蜜壺に押し入ってくる。

肉厚の雁《かり》で媚肉を擦《こす》られて、碧はあられもない声を上げた。

「ひゃっ、あ、あっ、ああ……っ!」

牡の獣と化したグレイソンが、濡《ぬ》れた蜜壺に巨根を突き入れる。潤滑用のジェルとグレイソンが放った精液がぐちゅぐちゅと淫《みだ》らな音を立て、碧の欲情を更に煽《あお》り立てた。

「碧……っ!」

「グレイソン、あ、ああっ! そこ、気持ちいい……っ!」

初めて味わう生身の男根は、ローターやディルドとは比べものにならない快楽をもたらした。

そして、生まれて初めて大好きな人に抱かれているという事実が碧の心を満たしていく。

「碧、好きだ、愛してる」

「僕も、あ、あああ……っ！」

無我夢中でグレイソンの体にしがみつき、碧は快感の大きな波に飲み込まれていった。

11

月曜日の八時四十五分、黒塗《くろぬ》りの高級車がマンハッタンを駆《か》け抜《ぬ》けていく。

後部座席の窓から見慣れた風景を眺《なが》めながら、碧はふわふわとした夢見心地《ごこち》を味わっていた。

(最高の週末だった……)

どの場面を思い出しても心が高ぶり、頬《ほお》がじわっと紅潮してしまう。

心と体に旅の余韻が色濃《いろこ》く残っているが、会社に着いたら仕事モードに切り替《か》えなくては。

「昨日からずっと考えてたんだが」

隣《となり》でタブレットを見ていたグレイソンが、ふいに口を開いた。

「なんですか？」

振《ふ》り向くと、青い瞳《ひとみ》と視線がぶつかる。目が合ったとたんに表情が緩《ゆる》んでしまい、グレイソンも口元にやわらかな笑《え》みを浮かべた。

「俺たち、つき合ってることを公表しないか」

「それは……前にも話し合ったでしょう」

「まあそうなんだけどさ。LA旅行の余韻なのか今すごく開放的な気分で、きみと手を繋《つな》いで街を歩きたいなと思って」

「いっときの気分に左右されないでください」

苦笑《くしょう》しつつ、くすぐったいような気持ちが込み上げてくる。

グレイソンも、LAでの濃密《のうみつ》な時間の余韻《よいん》を引きずっているらしい。恋愛《れんあい》初心者の自分だけでなく、経験豊富な彼も同じ気持ちでいると知って嬉《うれ》しかった。

「次はヨーロッパの美術館巡《めぐ》りをしたいな。クリスマスか新年辺り……いや、その時期は混雑してるから避《さ》けるべきか。二月ならすいてるかな」

腕《うで》を組み、グレイソンが思案するように宙を見上げる。

「二月から四月までは無理です。プロジェクトの仕事が立て込んでるので」

「そうか。せっかく行くなら時間をたっぷり取りたいし、今から来年の計画を立てておこう」

ふいにグレイソンに手を握《にぎ》られ、碧はびくっと体を震《ふる》わせた。

「毎年夏のバカンスに世界の美術館巡りをするってのはどう？　行きたい美術館をリストにして、何十年かかけてコンプリートするんだ」

グレイソンの言葉に、碧は小さく息を吞《の》んだ。

グレイソンの口から、ふたりの将来の話が出たのは初めてだ。

先のことはどうなるか誰《だれ》にもわからない。けれど、グレイソンが自分との将来を思い描《えが》いていると知って胸が熱くなる。

「……楽しそうですね」

「だろう？　仕事をしているうちはあまり長い休暇《きゅうか》を取れないけど、リタイアしたらふたりで世界を放浪《ほうろう》するのもいいかもな」

グレイソンが碧の手に手を重ね、指を絡めてくる。

「壮大《そうだい》な計画ですね。今から足腰《あしこし》を鍛《きた》えておかなきゃ」

軽口で受け流しつつも、ひどく動揺《どうよう》してしまう。

将来と言っても、碧はせいぜい四十くらいまでしか考えたことがない。それ以上先の、仕事をリタイアしたあとのことまではまったく想像がつかなくて——。

グレイソンと一緒《いっしょ》に歳《とし》を重ねていけたらどんなにいいだろう。

けれどまだ、彼との将来を思い描くことにブレーキをかけてしまう自分がいる。

（考えたって仕方ない。あれこれ先回りして心配するより、ときには流れに身を任せることも必要じゃない？）

ぐるぐる考え込んでいる間に、車がオフィスビルに到着《とうちゃく》した。急いで頭を仕事モードに切り替えて、グレイソンとともにエントランスへ向かう。

ロビーを横切ってエレベーターホールに到着したところで、壁際《かべぎわ》に立っていたふたりの人物が近づいてきた。

「ブラックウェルさん」

四十絡みの男性と、彼より十ほど年嵩《としかさ》の男性だ。グレイソンの取引先の人だろうか。

「おはようございます。刑事《けいじ》さんがわざわざいらっしゃるとは、何か進展があったんですか？」

にこやかに応じたグレイソンとは対照的に、ふたり組の刑事の表情は硬《かた》かった。

「ええ、ありました。お訊《き》きしたいことがあるので署までご同行願えますか」

刑事の言葉に、碧は目を瞬《またた》かせた。

自分の勘違《かんちが》いだろうか。刑事のセリフは、なんだか容疑者に任意同行を求めているように聞こえる。

「質問に答えるだけなら、ここでも構わないですよね」

グレイソンはまったく動じることなく、笑みを浮《う》かべたままだ。

刑事が何か言いたげな目つきでこちらに視線を向けたので、慌《あわ》てて碧は「僕は外しましょうか？」と口にした。

「その必要はないよ。で、訊きたいことというのは？」

「数日前に匿名《とくめい》の情報提供がありましてね。あなたが借りている私書箱に、盗《ぬす》まれたサファイ

アのブローチがある、と」

「私書箱?」

グレイソンが怪訝《けげん》そうに問い返すと、先ほどまで黙《だま》っていた年嵩の刑事が皮肉っぽい笑みを浮かべた。

「令状を取って私書箱を調べたところ、サファイアのブローチが出てきました。そこで、あなたに事情をお訊きしたいと思いましてね」

「ええっ? ちょっと待ってください、何かの間違いじゃ……っ」

驚《おどろ》いて口を挟《はさ》むと、刑事にぎろりと睨《にら》み下ろされてしまった。

グレイソンが「大丈夫《だいじょうぶ》、心配ない」と軽く腕に触《ふ》れてくる。

「私書箱なんて借りたことないんですけどね」

「ですが、店の防犯カメラにあなたが私書箱の利用申し込みをしている映像が残ってるんです」

刑事の言葉に、それまで落ち着き払《はら》っていたグレイソンが「なんだって?」と眉根《まゆね》を寄せた。

驚いたのは碧も同じだ。いや、グレイソン以上に衝撃を受けていた。

刑事が言っていることが本当なら、自分はいったい何を信じたらいいのか——。

「そんなわけで、ご同行願えますか」

「わかりました。その前に、弁護士に連絡《れんらく》をさせてください」

グレイソンが感情を露《あら》わにしたのは一瞬《いっしゅん》だけで、既《すで》に落ち着きを取り戻《もど》していた。スマホを取り出し、弁護士に任意同行の件を伝えてこちらに向き直る。

「グレイソン……」

声を震わせると、グレイソンにそっと肩《かた》を抱《だ》き寄せられた。

「俺を信じて欲しい。誰にどう思われようと気にしないが、きみにだけは信じて欲しいんだ」

グレイソンの目を見上げ、こくこくと頷《うなず》く。

そうだ、自分はグレイソンのことを信じている。LAで身も心も結ばれたときに、真実はどうであれ彼を信じると決めたのだ。

グレイソンの手が名残惜《なごりお》しげに離《はな》れていく。

その場に立ち尽《つ》くして唇《くちびる》を嚙《か》みしめ、碧はグレイソンの背中が見えなくなるまで見送り続けた。


ぼんやりとパソコンのモニターを眺めていた碧は、パトカーのサイレンの音ではっと我《われ》に返った。

モニターの隅《すみ》、時刻はもうすぐ十二時になろうとしている。立ち上がって窓から下界を見下ろすと、赤色灯を光らせたパトカーが二台、猛《もう》スピードで走って行くのが見えた。

（グレイソン、まだ警察署にいるんだろうか）

任意同行だから拘束《こうそく》されることはないと思うが、心配でたまらない。仕事モードに切り替えようとしても上手《うま》くいかなくて、結局午前中はほとんど仕事が進まなかった。

ふっと息を吐《は》いて、ネットでサファイアの盗難《とうなん》事件について検索《けんさく》する。

朝から何度も検索しているが、私書箱の中から盗まれた宝石が出てきた件はまだニュースになっていなかった。

(捜査《そうさ》の都合上、伏《ふ》せているのかもしれないな)

グレイソンには優秀《ゆうしゅう》な弁護士がついているし、確実な証拠《しょうこ》がない限り、警察も逮捕《たいほ》には慎重《しんちょう》にならざるを得ないだろう。

それでも考えは悪いほうへ悪いほうへと傾《かたむ》いていく。物思いを断《た》ち切ろうと立ち上がったところで、ドアがノックされる音が響《ひび》いた。

「はいっ!」

碧が返事をすると同時にドアを開けたのは、今まさに思い浮かべていたグレイソンだった。

「グレイソン……!」

グレイソンが笑《え》みを浮かべ、両手を広げる。駆《か》け寄って彼の胸に飛び込み、碧は安堵《あんど》の吐息《といき》を漏《も》らした。

「心配させて悪かった。もう大丈夫、とは言いがたいんだが」

「いったいなんだったんです?」

顔を上げて尋《たず》ねると、グレイソンが小さく肩をすくめた。

「それが、なんとも奇妙《きみょう》な話なんだ。私書箱を設置している店の防犯カメラを見せられたんだが、確かに俺によく似た男が私書箱を借りる手続きをしていた」

「顔がはっきり映ってたんですか？」

「いや、帽子《ぼうし》とサングラスで隠《かく》してた。角度的に顔認証《にんしょう》システムが使えないそうだが、輪郭《りんかく》とか顎《あご》のライン、背格好がびっくりするくらい似ていて……そりゃ警察も俺だと思うよなって納《なっ》得《とく》できるくらいに」

「疑いは晴れたんですよね？」

グレイソンに応接用のソファに座るよう促《うなが》し、自分もその隣《となり》に腰を下ろす。

「一応ね。男が私書箱の申し込みをしたのが先週月曜日の午後二時頃《ごろ》。俺はその時間、会社にいたからアリバイはある。といってもその時間帯は誰にも会わずにひとりで社長室にいたから微妙《びみょう》なところなんだが」

「ここにいたんだったらビルの出入りが記録されてるから確実でしょう。そのあなたにそっくりの男性に、心当たりは？」

「全然。だけど本当によく似てた。気味が悪いくらいに」

グレイソンが眉根を寄せ、両手で前髪《まえがみ》をかき上げる。

「俺には兄弟はいないし、いとこも女性だけだ。母方の伯父《おじ》がいるが、七十近いし顔も似ていない」

「その私書箱から出てきたサファイアは本物だったんですか？」

「ああ、間違いなく盗まれたあのブローチだそうだ」

「変ですね。犯人はあれだけの危険を冒《おか》してまでブローチを盗んだのに、金庫じゃなくて私書箱に隠してたなんて」

「警察はいい隠し場所だと感心してたよ。銀行の貸金庫は身元確認が厳重で高性能のカメラがあちこちに設置されてるだろう。その点私書箱はチェックの甘い店もあるから」

「だとしても、もし僕だったら手元に置いておきたいけど。わざわざ私書箱を借りて顔がばれる機会を増やすより、箱に入れて引き出しの奥に隠しておいたほうが安全じゃない？」

グレイソンが腕《うで》を組み、「確かにな」と呟《つぶや》く。

「犯人はあのブローチが欲しかったわけじゃなくて、俺に罪を着せるのが目的だったのか？」

グレイソンの言葉に、碧もはっとした。

「たくさんの展示品の中から敢《あ》えてあなたが欲しがっていた品だけ盗んで、あなたの素性《すじょう》をタブロイド紙にたれ込んで事件の黒幕ではないかと思わせ、更《さら》にはあなたとそっくりの男を使って私書箱を借りて……あり得ますね」

「そう考えると、警察への匿名の通報ってのも犯人だろうな。防犯カメラに映るようにして、頃合いを見計らって警察に通報」

「いったい誰《だれ》がこんな手の込んだ嫌《いや》がらせを？」

「俺のことを相当深く恨《うら》んでいる人物」

　ぼそっと呟いて、グレイソンが放心したように天井《てんじょう》を見上げた。

「参ったな。全然心当たりがない。俺は自覚がないまま誰かの恨みを買うような真似《まね》をしてしまったんだろうか」

　グレイソンの言葉に、碧は唇を尖《とが》らせた。

「〈バークレイ〉での出来事を忘れたんですか？　あなたを恨んでる女性はいっぱいいると思いますよ」

「……ああ、すっかり忘れてた。忘れてたってところが俺の無神経さを証明してるな。確かに過去の女性関係で多少恨みを買ってると思う。けど、ここまで手の込んだ嫌がらせをするほど恨まれてるとは思えないんだ」

「わかりませんよ。表面に出さないだけで、内心怒《いか》りや憎《にく》しみを募《つの》らせていたのかも」

　振《ふ》り返ったグレイソンが、碧の顔をまじまじと見つめた。やがて肩を落とし、がっくりと項《うな》垂《だ》れる。

「そうだな。復讐《ふくしゅう》されてもおかしくないな。今更だが、過去の自分の行いが恥《は》ずかしいよ」

　初めて目にしたグレイソンの落ち込みっぷりに、慌《あわ》てて碧は彼の背中を撫《な》でた。

「あなたを責めてるわけじゃないんです。とりあえず、あなたを恨んでいる可能性のある人物をリストにしてみましょう。交際相手だけでなく、仕事の取引先とかも」

「ああ、やってみるよ。気が進まない作業だけど」

グレイソンが立ち上がり、部屋を出ようとしたところで振り返る。

「そろそろランチの時間だな。気分転換《てんかん》に、外で一緒《いっしょ》に食べないか」

「いいですね」

碧も立ち上がり、グレイソンのあとに続く。廊下《ろうか》を歩きながら、ふと思いついて口にした。

「その私書箱のお店、場所はわかります？」

「ブルックリンだ。どうして？」

「ちょっと行ってみません？　店員さんが何か覚えてるかもしれないし」

「警察に散々訊《き》かれてると思うが」

「警察とは関《かか》わりたくないって人が多いから、警察には言わなくても僕たちには話してくれるかも」

碧の提案に、グレイソンが「そうだな」と頷く。

「手がかりがないとしても、一度現場を見ておこう」

件《くだん》の私書箱の店は、古い雑居ビルの一階にあった。

手前がコピーサービスや時間貸しのパソコンコーナーになっており、奥の壁際《かべぎわ》に私書箱がずらりと並んでいる。パソコンの修理受付、写真の現像などもやっているようで、事務系のコンビニといった感じの雑然とした店だった。

碧とグレイソンが店に足を踏《ふ》み入れると、年配の女性スタッフがちらりと視線を上げる。

「こんにちは」

グレイソンがとびきりの笑顔を向けると、彼女の仏頂面《ぶっちょうづら》がほんの少し緩《ゆる》んだ。

「いらっしゃい。今日はどんなご用で？」

「ちょっとお訊きしたいことがあるんです。先週の月曜日にここの私書箱を借りた男性のことなんですが」

グレイソンが切り出したとたん、彼女の表情が強《こわ》ばる。

「警察の人？」

「いえ、違《ちが》います」

「じゃあ何？　もう全部警察に話したし、うちは関係ないよ」

「すみません、ご迷惑《めいわく》はおかけしません。実は私も被害者《ひがいしゃ》なんです。カメラに映っていた男性と似ているとかで、警察に疑われてて」

グレイソンが心底困ったように言うと、女性スタッフが一歩下がって目を眇《すが》め、グレイソンの全身を舐《な》めるように検分した。

「あんたが？　いや、違うね。確かにあんたと背格好は似てたけど別人だよ。あの男はなんていうか、もっと険のある顔立ちだった」

「あなたが対応したんですか？」

思わず口を挟《はさ》むと、彼女がちらりとこちらを見やって頷《うなず》く。

「その男の特徴《とくちょう》を教えていただけませんか？　なんでもいいんです。話し方とか声の感じとか」

グレイソンの懇願《こんがん》に、彼女が首を横に振った。

「悪いけど、それ以上はほんとに覚えてないんだよ。よっぽど様子のおかしい客ならともかく、警察に映像を見せられるまでまったく思い出せなかったし。私書箱に盗品《とうひん》を隠してたって話だけど、いかにも犯罪者然としてたわけでもないし」

一気にまくし立てたあと、「あんたみたいな色男ならはっきり覚えてるだろうけどさ」と付け加える。

「わかりました。お時間を取らせてしまってすみません」

グレイソンとともに店をあとにし、碧は通りを見渡《みわた》した。

場末とまではいかないが、店もまばらでやや治安の悪そうな雰囲気《ふんいき》だ。防犯カメラの数も少なく、犯人がこの店を選んだのも納得だった。

「少なくとも、犯人がさほどあなたとは似ていないことがわかりましたね」

少し離《はな》れた場所に停《と》めてある車に戻《もど》ろうと、グレイソンと肩《かた》を並べて歩く。

「ああ、来てよかったよ。警察の口ぶりじゃ俺に瓜二《うりふた》つって感じだったけど、あれは俺に揺《ゆ》さぶりをかけるためだったのかもな。さて、ランチは何にする？」

「ここに来るまでに結構時間かかっちゃったから、テイクアウトにして会社に戻りましょう」

「そうだな。会社の前のフードトラックで何か買おうか」

話しながら道を渡ろうと左右に視線を向ける。車道に二、三歩足を踏み出したところで、ふいに近くに停まっていた黒いSUVが急発進した。

その場に立ち止まってやり過ごそうとするが、SUVがなぜかこちらへ向かってくる。

「──危ない！」

突然《とつぜん》強い力で突《つ》き飛ばされ、碧はアスファルトに倒《たお》れ込んだ。

いったい何が起きたのか、にわかには理解できなかった。タイヤが軋《きし》る耳障《みみざわ》りな音がして、黒いSUVが猛《もう》スピードで走り去っていくのが視界の隅《すみ》に入る。

自分の上に覆《おお》い被《かぶ》さったグレイソンに「大丈夫《だいじょうぶ》か⁉」と問いかけられて、ようやく自分がSUVにはねられそうになったことを理解した。

「……だ、大丈夫です。あなたは？」

「平気だ」

大きく息を吐《は》き出し、グレイソンが起き上がる。

髪《かみ》がひどく乱れ、顔も青ざめていた。碧を庇《かば》ったときにアスファルトに打ち付けたのか、手のひらに血が滲《にじ》んでいる。

「血が……っ」

「ああ、たいしたことない。掠《かす》り傷だ」

グレイソンに助け起こされ、よろめきながら立ち上がると、倒れたときに打ったらしい場所が今更ながらじんじんと痛んだ。幸いふたりとも大きな怪我《けが》はなかったが、打ち身が何ヶ所か痣《あざ》になりそうだ。

「おふたりとも大丈夫ですか？」

グレイソンの車の運転手が、血相を変えて駆《か》け寄ってくる。

「大丈夫だ」

「ひどい目に遭《あ》いましたね。酔《よ》っ払《ぱら》いか薬物でハイになってる輩《やから》でしょう。車のナンバーを撮《と》っておきました」

「助かるよ。俺のアドレスに転送しておいてくれ」

服の汚《よご》れを払《はら》って車へ向かいながら、碧はグレイソンの顔を見上げた。

「偶然《ぐうぜん》だと思います？」

グレイソンが「いいや」と顔をしかめる。

私書箱の店に男の人相を確かめに来たとたん車にはねられそうになるなんて、どう考えても不自然だ。ＳＵＶを運転していたのが犯人か犯人の仲間かわからないが、グレイソンを陥《おとし》れようとしている人物に見張られているのかも——。

背中にぞくりと寒気が走る。

「すまない、きみを巻き込んでしまった」

車の後部座席に収まってから、グレイソンが苦しげに呟《つぶや》いた。

「そんな、あなたのせいじゃないです」

少し考えて、碧は「警察に行きましょう」と提案した。

「車にはねられそうになった件で？　実害がないと警察は動かないよ。こんな掠り傷程度じゃ相手にしてもらえないさ」

「私書箱を借りに来た男性のことは？　スタッフが、実際にあなたを見て別人だと言ったことを話せば……」

グレイソンがちらりと視線を向け、首を横に振《ふ》る。

「警察は俺の言い分を信じない。俺が勝手に私書箱の店を訪ねたことも面白《おもしろ》くないだろうしね。特に担当の刑事《けいじ》は俺のことが気に入らない様子で、それを隠《かく》そうともしなかったし」

軽く肩をすくめ、グレイソンが続ける。

「よくあることだよ。富裕《ふゆう》層は反感を買いやすい。それでなくても警察は忙《いそが》しいしね。弁護士が優秀《ゆうしゅう》な私立探偵《たんてい》を抱《かか》えているから、彼に調査を頼《たの》んでみるよ」

「ええ、そのほうがいいかも。さっきの車を運転していた人物を突き止めれば、偶然か故意かわかるでしょうし」

車が橋を渡り、ブルックリンからマンハッタンへ戻る。見慣れた通りを眺《なが》めているうちに、ざわついていた気持ちも少し落ち着いてきた。

「会社に戻ったら、いったん事件のことは頭から追い出そう。嫌《いや》がらせに振りまわされていたら犯人の思う壺《つぼ》だ」

グレイソンの言葉に、碧はこくこくと頷いた。

「ですね。明日はヘレンが出張から戻ってくるし、今日中にたまってる雑用を片付けないと」

気持ちを切り替《か》えて、午後からは仕事に集中しよう。

膝《ひざ》の上で拳《こぶし》を握《にぎ》り、碧は自分に言い聞かせた。

——午後八時。グレイソンのペントハウスに帰り着いた碧は、ドアを閉めてふっと息を吐き出した。

忙しい一日だった。会社に戻って慌《あわ》ただしくテイクアウトのタコスを食べ、ヘレンとテレビ電話で打ち合わせをし、その後も各方面からの問い合わせや事務作業に忙殺《ぼうさつ》され、あっというまに時間が過ぎていった。

コーヒーを飲む暇《ひま》もなかったが、おかげで余計なことを考えずに仕事に集中できたと言えよう。

グレイソンはまだ仕事が残っているというので先に帰宅することにし、食料品店に寄って買い物をしてきたところだ。

（夕飯は冷凍《れいとう》しておいたチキンカレーとサラダでいいかな。足りなければローストビーフかツナでサンドイッチを作ればいいし）

冷蔵庫を開けて、買ってきた牛乳や卵、サラダ用の野菜をしまい、冷凍庫から小分けにパックしたチキンカレーを取り出す。

同居を始めた際、グレイソンは料理はしなくていいと言ったが、外食やテイクアウトばかりだと飽《あ》きてしまうので休みの日に多めに作って常備することにしている。碧にとって料理は気分転換《てんかん》でもあるし、体質的に野菜を多く摂《と》らないと調子が悪いのだ。

グレイソンも食事には気を遣《つか》うタイプで、仕事柄《しごとがら》外食が多い分、家では粗食《そしょく》を心がけていたらしい。といっても料理が面倒《めんどう》でオートミールやサラダチキン、蒸《む》し野菜で済ませていたらしいので、碧の手料理をことのほか喜んでくれた。

チキンカレーをレンジに入れてから、ベッドルームに行って部屋着に着替《きが》える。キッチンに戻ってサラダ用にゆで卵を作っていると、玄関《げんかん》直通のエレベーターの扉《とびら》が開く音がした。

「おかえりなさい」

「ただいま」

キッチンにやってきたグレイソンとハグして、軽くキスをかわす。

「夕食用意してくれたのか。ありがとう。もう腹ぺこだよ」

「すぐできますから着替えてきてください」

「了解《りょうかい》」

キッチンのテーブルに料理を並べ終わると同時に、先ほどと打って変わってTシャツとジーンズ姿のグレイソンが現れた。

このギャップを目にすることができるのが、グレイソンと同居するようになってからの密《ひそ》かな楽しみのひとつだ。外では隙《すき》を見せないセレブな紳士《しんし》がスウェットでソファにだらしなく寝《ね》転《ころ》ぶ姿なんて、なかなか見られるものではない。

「こないだのチキンカレー？　やった」

子供のように目を輝《かがや》かせ、グレイソンが冷えたワインボトルを持ってくる。

「きみも飲む？」

「ええ、いただきます」

ワイングラスに赤ワインを注ぎながら、グレイソンがさりげなく切り出した。

「例の件、探偵に依頼《いらい》したよ。最優先でやってくれるよう頼んでおいた」

「よかった。まずは車の持ち主だけでもわかるといいんですけど」

平静を装《よそお》って答えるが、車にはねられそうになったときの衝撃《しょうげき》がよみがえり、気持ちが沈《しず》んでいく。グレイソンがテーブルの上に手を伸《の》ばし、そっと手を握ってくれた。

「大丈夫、ここは安全だ」

「ええ、そうですね」

そう、このペントハウスはセキュリティも万全《ばんぜん》で、たとえ犯人がここの住所を突き止めたとしても、中に入り込むことは不可能だ。

肩《かた》の力を抜《ぬ》いて、碧はワインに口をつけた。

グレイソンとふたりきりの時間を、ネガティブな気持ちで過ごしたくない。

グレイソンも同じ考えだったようで、そのあとは事件のことにはいっさい触《ふ》れず、観《み》たい映画や気になっているギャラリーの話題で盛り上がった。

「今週末はボストンまで足を延ばそうか。金曜の夜に出発すれば、いろいろ見てまわれそうだ」

「いいかも。実はボストンにも有望な若手アーティストがいて、近々ヘレンと一緒《いっしょ》に行くつもりだったんですけど」

「だめだめ、仕事は抜きだ。育成プロジェクト関連はヘレンと一緒に、俺とは完全にプライベートで」

「わかりました」

くすくす笑いながら、皿に残っていたカレーを平らげる。

食事が終わると、グレイソンが「後片付けは俺に任せて」と申し出てくれた。シャワーを浴びることにして、ゲストルームへ向かう。

（あ、郵便置きっぱなしだった）

玄関ホールのコンソールテーブルに、ポストから取り出した郵便物を置いたまま忘れていた。

ほとんどがダイレクトメールだが、中には重要なものもあるかもしれない。グレイソンに渡《わた》そうと、碧はキッチンへ引き返した。

「グレイソン、郵便ここに置いときますね」

「ああ、ありがとう」

食器洗い機をセットしたグレイソンが振り返り、頷《うなず》く。

シャワーを浴びてさっぱりし、パジャマを着てキッチンで水を飲んでいると、背後からグレイソンに声をかけられた。

「碧、これを見てくれ」

「なんですか？」

A4サイズの封筒《ふうとう》を差し出され、訝《いぶか》しみつつ受け取る。

封筒は先ほどの郵便物の束の中にあったものだ。印字されたラベルの宛名《あてな》はグレイソン、差出人の名前はJ・スミス、住所はブルックリン。

封筒の中には、大きく引き伸ばされた写真が十枚ほど入っていた。

一枚目に目をやり、ぎくりとする。このペントハウスの一階エントランスを、道の向こう側から写したものだ。見慣れたグレイソンの黒い高級車が手前に写っている。

そして、今まさにエントランスへ入ろうとしているグレイソンと自分の後ろ姿――。

「これ……どういうことです？　誰《だれ》かに隠し撮《ど》りされたってこと？」

「ああ、実に不愉快《ふゆかい》だが」

急いで残りの写真を確認《かくにん》する。別の日に一緒に出勤する姿、昼休みに外で待ち合わせてランチをとったときのもの、碧がひとりでスーパーで買い物をしているときに撮られたものまであった。

「これって嫌《いや》がらせの犯人が送ってきたんでしょうか……？」

事件とは関係なく、有名人であるグレイソンを狙《ねら》ったパパラッチという可能性もある。けれどグレイソンは、「そうだ、そいつに間違《まち が》いない」と断言した。

「差出人の住所を調べたら、今日俺たちが行ったあの私書箱の店だった。J・スミスってのは当然ながら偽名《ぎめい》だろう」

「手紙は？　何かメッセージは入ってたんですか？」

グレイソンが首を横に振《ふ》り、眉根《まゆね》を寄せる。

「何もなかった。ただ写真だけ。だがこれは明確なメッセージだ。〝おまえの秘密を知っている〟というね」

「……っ」

正体不明の犯人にふたりの関係を知られ、それをネタに脅《おど》されている。

知らない間に写真を撮られていたことが気持ち悪くて、真夏なのに指先が冷たくなるような感覚に襲《おそ》われた。

「目的はなんなんでしょう？　僕たちの関係をばらすぞっていう脅し？」

「だとしたら、何かしらの見返りを要求するだろう。今の段階では〝おまえの秘密を知っている、自分のほうが優位に立っている〟と主張したいだけじゃないかな」

「これも嫌がらせですよね。犯人はあなたを追い詰《つ》めて弱らせようとしているような」

グレイソンがふんと鼻を鳴らし、碧の手から写真を取り上げる。

「ひとつだけわかったことがある。犯人は俺という人間を知らない奴《やつ》だ。俺はこんな卑劣《ひれつ》な脅しには屈《くっ》しない。むしろ闘志《とうし》が湧《わ》いた」

「まずはこの写真を警察に届けましょう」

「警察に届けたら、どこからか話が漏《も》れて俺たちの関係を面白《おもしろ》おかしく騒《さわ》ぎ立てられるに決まってる。俺はきみとの関係をそういう無遠慮《ぶえんりょ》な連中に詮索《せんさく》されたくない。俺ときみが、自分の意思で公《おおやけ》にしないと」

「それは確かに……ええ、そうですね。他人に勝手に噂《うわさ》されるのは気分が悪いです」

グレイソンが大きく息を吐《は》き、険しい表情で前髪《まえがみ》をかき上げた。

「ちょっと前の俺だったら、このむかつく犯人の正体を暴《あば》くことを最優先にしただろう。けど、何よりも大切で大事な人ができた今、その人を守ることを最優先にしたい」

大切で大事な人という言葉に、どきりとする。

ベッドで囁《ささや》かれる甘い言葉にはもやもやしてしまうのだが、今の言葉はストレートに心に深々と突《つ》き刺《さ》さった。

「だからこの写真の件は探偵《たんてい》に任せて、きみを安全な場所に避難《ひなん》させる。奴にこの家を知られた今、きみを一刻も早く連れ出さないと」

「えっ？　ええと……どこへ？」

「いくつか候補がある。まずは荷造りしてくれ。旅行から帰ってきたばかりですまないが、とりあえず一週間分くらいのつもりで」

「待ってください、仕事は休めません。明日ヘレンが戻《もど》ってきますし……っ」

「その点は大丈夫《だいじょうぶ》、避難先から会社に通えるようにする。さあ、荷造りだ」

グレイソンに急《せ》かされて、碧は目を白黒させながら踵《きびす》を返した。

12

火曜日の午後八時。白いステーションワゴンが幹線道路を走り抜けていく。

目的地はスリーピーホロウ、マンハッタンから車で北へ約一時間の小さな町だ。

――グレイソンが避難先に選んだのは、スリーピーホロウ近郊《きんこう》のリゾートホテルだった。

定時まで仕事をして地下の駐車場《ちゅうしゃじょう》へ下りていき、グレイソンが手配したレンタカーに一週間分の荷物を積み込んでマンハッタンを出発したのが六時五十分頃《ごろ》。渋滞《じゅうたい》でマンハッタンを抜け出すのに少々時間がかかったが、まもなくスリーピーホロウに到着《とうちゃく》するところだ。

「スリーピーホロウって、首なし騎士《きし》の伝説のある町ですよね」

車窓から景色を眺《なが》めながら、運転席のグレイソンに語りかける。

「そうそう。ハロウィンの時期は観光客でごった返すらしい。いろいろ見てまわりたいところだが、今回は仕事以外はホテルに籠城《ろうじょう》だ」

「ですね。僕も隠《かく》し撮りされるのはごめんですし」

視線を前に戻し、碧は憂鬱《ゆううつ》な気分で吐息《といき》を漏らした。

「まあ、いい面もあるよ。ちょっとした旅行気分を味わいつつ通勤できるし、宿泊《しゅくはく》先のホテルはニューアメリカン料理が評判らしい」

「僕は食事が喉《のど》を通るかどうか……うわ、見て、すごいお屋敷《やしき》！」

前方に見えてきた荘厳《そうごん》な石造りの邸宅《ていたく》に、思わず身を乗り出す。

「ああ、ロックハート家の本宅だろう」

「ロックハート家って、あのロックハート財団の？」

驚《おどろ》いて、碧は訊《き》き返した。

ロックハート家といえば、アメリカ有数の大富豪《だいふごう》だ。確か鉄道業で財をなし、その後不動産やホテルチェーンなど数多くのビジネスを成功させており、近年は財団を通じて社会貢献《こうけん》に力を入れている。

「次期当主のクレイグ・ロックハートとは仕事でちょっと関《かか》わりがあってね。実は今回泊《と》まるホテルもロックハート家が主催《しゅさい》したチャリティパーティで来たことがあって、そのときは日帰りだったんだが、一度泊まってみたいと思ってたんだ」

「びっくりです、あのロックハート家と知り合いなんて」

「ロックハート財団は教育支援《しえん》に力を入れてるから、育成プロジェクトの件でアドバイスをもらったんだ。そうだ、今度一緒《いっしょ》にパーティに行こう。このところ、招待されても都合がつかなくて欠席続きだったから」

「ちょっと待ってください。ロックハート財団のパーティ？」

政財界の重鎮《じゅうちん》が集まるパーティに出席なんて、考えただけで目眩《めまい》がする。

けれど考えてみたら、グレイソンはそういう世界の住人なのだ。

「えーと……今はちょっと考えられませんが、育成プロジェクトを続けていくにはそういう人脈も必要ですね」

「そういうこと。ちなみにクレイグは同性のパートナーと結婚《けっこん》してるから、俺たちの関係を隠す必要もない」

「それについてはひとまず保留にしましょう。まずはサファイア盗難《とうなん》事件のゴタゴタを終わらせないと」

「そうだな。俺もあのサファイアに振りまわされるのはもううんざりだ」

車はスリーピーホロウの中心部を通り過ぎ、郊外のホテルへと向かう。運転手付きの高級車は目立つのでレンタカーにしたのだが、久々の運転をグレイソンは楽しんでいるようだった。

(グレイソンのこういうところ、経営者に向いてるんだろうな)

ピンチに陥《おちい》ったときにこそ、その人の本性《ほんしょう》が明らかになるものだ。

碧は正体不明の脅迫《きょうはく》者に怯《おび》えて萎縮《いしゅく》してしまったのだが、グレイソンは怯《ひる》むどころか、いつも以上にやる気を漲《みなぎ》らせている。

それだけでなく、この状況《じょうきょう》を楽しんでいるようにさえ見える。もちろん本人はそんなことは口には出さないが。

これまでにも数々の困難な状況に打ち勝ってきたのだろう。余裕《よゆう》というか貫禄《かんろく》というか、さすが今の地位まで上り詰めただけあると実感させられる。

「さあ着いた。嫌なことはしばし頭から追い出して、リゾート気分を楽しもう」

グレイソンの言葉に、碧は「そうしましょう」と微笑《ほほえ》んだ。

ロックハート家がパーティ会場に選んだだけあって、ホテルは外観も内装も洗練されていた。案内されたのは最上階——といっても七階だが——落ち着いた色調でまとめられたスイートルームだ。

せっかくの滞在《たいざい》を楽しみたい気持ちはあったものの、ホテル内のレストランで夕食をとり、部屋に戻ってシャワーを浴び、ベッドにたどり着く頃《ころ》には碧はすっかり疲《つか》れ果てていた。

（いろいろあったもんな。LAから帰ってきたばかりだし）

バスローブ姿で肌触《はだざわ》りのいいシーツの上に横たわり、目を閉じる。

グレイソンとの情熱的な夜が脳裏《のうり》によみがえってじわりと頬《ほお》が熱くなるが、くたくたの体はセックスよりも睡眠《すいみん》を求めていた。

グレイソンに求められたらどうしよう……などと考えつつ、うとうとと微睡《まどろ》む。眠《ねむ》りに落ちかけたところで、耳元で「もう寝《ね》た？」と囁かれた。

「ん……まだ寝てません」

「悪い、起こしてしまったみたいだな」

くすくす笑いながら、グレイソンがベッドに潜《もぐ》り込んでくる。

「疲れただろう。今夜は何もしないから、安心しておやすみ」

「ええ……おやすみなさい」

そう言って目を閉じるが、グレイソンに抱《だ》き寄せられて目が冴《さ》えてしまった。厚い胸板《むないた》に顔を埋《うず》め、温かな体温とボディソープの香《かお》りを堪能《たんのう》する。

「そういえば、あなたの故郷のお城もリゾートホテルになってるんですよね」

「ああ。いつか一緒に行ってみよう。正直、あまりいい思い出はないんだが」

目線を上げて、碧はしばしグレイソンの横顔を見つめた。

「あなたの子供時代の話って聞いたことないですけど……どんな子供だったんですか？」

碧の質問に、グレイソンが口元に笑《え》みを浮《う》かべる。

「朝から晩まで外を走りまわってた。好奇心《こうきしん》が強くて出しゃばりでおしゃべりで仕切り屋で。大人から見たら、手のかかる子供だったと思うよ。きみは？　どんな子供だった？」

「僕はあなたと正反対です。ひとりで静かに本を読むのが好きで、だけど大人しくて従順かというとそうじゃなくて、周囲の子供や大人たちを観察して心の中であれこれ批判してるような、ひねくれた子供だった」

「俺たち、子供のときに出会ってたら気が合わなかったかもな」

「ええ、騒《さわ》がしい子は苦手でしたから」

グレイソンと顔を見合わせ、碧はくすくすと笑った。

「お母さまはどんな人でした？」

「母はいつも自分の感情を抑《おさ》えていた。伯爵《はくしゃく》夫人として、良き妻、良き母であろうと常に努力して……だが子供心にも無理しているのがわかって、見ていて痛々しかった」

思わず碧は、体を起こした。

「すみません、話したくなければ……」

グレイソンが「いいんだ」と微笑む。

「母も父と愛情だけで結婚したわけじゃない。とにかく見栄《みえ》っ張りでね。世間から羨《うらや》まれるような結婚を望み、打算で父を選んだ。だから父の浮気《うわき》も見て見ぬふりをして理想の家族を演じ続けていたんだが、だんだん父の女性問題や金銭問題が明るみに出るようになって……。母の場合、世間から憐《あわ》れみの目で見られるのをいちばん嫌《いや》がってたな」

グレイソンが天井《てんじょう》を見上げ、しばし沈黙《ちんもく》してから続けた。

「父のことはあんまり記憶《きおく》にないんだ。スコットランドの城の管理は母に任せてロンドンの別宅で過ごすことが多くて、俺が物心ついた頃にはほとんど帰ってこなかったし。仕事でロンドンにいるって話だったけど、実際は愛人を作って遊び歩いてただけだった」

なんと返していいかわからず、碧はグレイソンの横顔を見つめた。

目を閉じていたグレイソンが、ふと思い出したように目を見開く。

「父は大勢の人の恨《うら》みを買っていた。愛人の中には既婚《きこん》者もいて、女性の夫に訴《うった》えられたこともあったらしい」

「お父さまへの恨みを、あなたに向けている可能性もあると思います？」

「どうだろう。父が死んで十年以上経《た》ってる。今更《いまさら》仕返しするかな？」

「長年恨みを募《つの》らせていて、最近になってあなたが伯爵の息子《むすこ》だと知ったとか」

「それはあり得るかも。明日さっそく父を恨んでいた人物をリストアップしよう。ネットにゴシップ記事が残ってるし、俺も何人か名前を覚えてる」

ベッドに横たわり、再び碧はグレイソンの胸に頬を寄せた。優《やさ》しく背中を撫《な》でられ、彼の体温に包まれているうちに、眠気が戻《もど》ってくる。

「俺も父と同じだと思った？」

「……え？」

うとうとしていると話しかけられ、重い瞼《まぶた》を持ち上げる。

「思い返してみると、きみと出会った頃の俺は父と同じ最低男だったよな。父のようにはなるまいと思って、恋愛《れんあい》にのめり込まないようにしてたんだ。揉《も》め事《ごと》はごめんだから既婚者や彼氏持ちの女性には決して近づかないように用心していたし、結婚の意思がないこと、割り切った関係しか望んでいないことは最初に伝えていたし。だが俺はそうでも相手もそうとは限らなくて、ときには揉めることもあって」

「……その話、まだ続けます？」

半分寝ぼけながら突《つ》っ込むと、グレイソンが「ごめん」と呟《つぶや》いた。

「何を言っても言い訳だよな。だけどきみと出会って気づいたんだ。これまで俺は、本気で向き合いたいと思える人と出会っていなかったんだと」

　グレイソンの低くなめらかな声が耳に心地《ここち》いい。

けれど意識はあやふやで、彼のセリフが夢なのか現実なのか判然とせず……。

「悪い、眠いのに話しかけるなって感じ？」

　グレイソンの胸が小刻みに揺《ゆ》れ、彼が笑っているのがわかる。

眠りに落ちかけた頭にはグレイソンがなぜ笑っているのかわからなかったが、幸福感と安心感に満たされていることだけは確かだ――。

「おやすみ、碧」

甘く囁《ささや》きかけられて、碧はふわふわした夢の世界へ飛び立っていった。

13

けたたましいアラーム音に、碧ははっと目を覚ました。寝返りを打ってナイトテーブルに置いたスマホを摑《つか》み、少々手こずりながらアラームを止める。

「……うーん……何時？」

隣《となり》で寝ていたグレイソンが、眠たげに言いながら体を寄せてきた。

「六時です。通勤に時間がかかるから急いで支度《したく》しないと」

「今日は午前中に予定が入ってないから、ちょっとくらい遅《おく》れても構わないよ」

「あなたはそうでも、僕は九時には出社したいです」

もう少しベッドでグレイソンといちゃいちゃしていたいところだが、そういうわけにはいかない。グレイソンの腕《うで》をどかして、碧は勢いよくベッドから抜《ぬ》け出した。

「わかった……五分後には起きる」

大袈裟《おおげさ》にため息をついて、グレイソンがシーツの上に仰向《あおむ》けに転がる。

「じゃあ僕が先にバスルーム使いますね」

「どうぞ」

軽くシャワーを浴びてバスルームから出ると、グレイソンはベッドの端《はし》に掛《か》けて何やらパンフレットのようなものを読んでいた。

「お先に」

「ああ。今このホテルの案内を見てたんだが、敷地《しきち》内にイギリス式の庭園があるらしい。ほら」

グレイソンの隣に座り、パンフレットの写真を見た碧は感嘆《かんたん》の声を上げた。

東屋《あずまや》も備えた、なかなか本格的な庭園だ。結婚式をはじめ、各種ガーデンパーティのご予約承《うけたまわ》りますと書かれている。

「素敵《すてき》ですね。時間に余裕《よゆう》があったら散策してみましょう」

「屋上にもルーフガーデンがある。こっちは予約すれば特別にテーブルを用意してレストランの食事を運んでくれるみたいだ。今夜は屋上庭園でディナーにしようか」

「記念日でもないのに？」

「記念日にすればいいさ。屋上庭園ディナー記念日とか」

膝《ひざ》に伸《の》びてきた不埒《ふらち》な手をどかし、碧はにっこり微笑《ほほえ》んだ。

「これは僕の個人的な統計データなんですが、記念日をやたら増やしたがる人って熱しやすく冷めやすい傾向《けいこう》が」

「わかったわかった、記念日はやたら増やさないよう心がけるよ。でもここに滞在《たいざい》中に一回くらいは屋上ディナーをしよう」

グレイソンが立ち上がり、バスルームへ向かう。

碧も出勤用の服に着替《きが》え、ミニキッチンでコーヒーを淹《い》れた。ソファに掛けてパンフレットを眺《なが》めていると、ドアの外で誰《だれ》かが立ち止まる気配がして顔を上げる。

客室係だろうか。ドアスコープを覗《のぞ》こうと近づいたところで、ドアの下からA４サイズの封《ふう》筒《とう》がすっと差し込まれた。

（なんだろう、郵便？）

郵便なら普通《ふつう》はフロントで手渡《てわた》してくれる。怪訝《けげん》に思ってそっとドアスコープを覗くと、ちょうど中年の男性が踵《きびす》を返すところだった。

チェックのシャツにジーンズ、このホテルのスタッフではない。

「どうかした？」

バスルームから出てきたグレイソンの声に、碧は振《ふ》り返った。

「今、ドアの下に誰かがこの封筒を差し込んだんです。だけどスタッフじゃなさそうで」

「なんだって？」

バスローブ姿のグレイソンが大股《おおまた》でやってきて、封筒を拾い上げる。

封筒には宛名《あてな》も差出人もなかった。中には大判の写真が数枚、グレイソンと自分がこのホテルの駐車場《ちゅうしゃじょう》で車を降りるところを隠《かく》し撮《ど》りしたもので——。

「どんな男だった？」

「茶色っぽいチェックのシャツにジーンズ、白髪《しらが》交じりでちょっと太めで」

碧の返事を聞くなり、グレイソンがドアを開けて勢いよく飛び出していく。

「グレイソン！」

「きみは部屋にいるんだ！」

そういうわけにはいかない。事情を知らない人から見れば、バスローブ姿に裸足《はだし》のグレイソンのほうこそ不審《ふしん》者だ。

慌《あわ》てて彼を追いかけて廊下《ろうか》の角を曲がると、グレイソンがバスローブの裾《すそ》をはためかせながら非常階段の扉《とびら》の向こうへ消えるところだった。

（グレイソン、パンツ穿《は》いてるといいんだけど）

一緒《いっしょ》に暮らしてみて知ったのだが、グレイソンのバスローブの下は全裸《ぜんら》である確率が非常に高い。部屋に下着を取りに戻るべきか一瞬《いっしゅん》迷うが、それよりも今は怪《あや》しい男との対決を阻止《そし》することが大事と考えて非常階段の重たい扉を開ける。

「止まれ！」

「なっ、なんだよ！　放せ！」

二階ほど下の踊《おど》り場《ば》から、グレイソンと男が言い合っている声が聞こえた。急いで駆《か》け下りていくと、グレイソンが男を後ろ手に捕《と》らえて壁際《かべぎわ》に押さえつけているところだった。

「抵抗《ていこう》しないで大人しくして！　警察に通報しますよ！」

階段の数段上で立ち止まり、男にスマホを掲《かか》げてみせる。

「碧！　危ないからそれ以上近づいちゃだめだ！」

「警察に通報⁉　なんで俺が通報されなきゃならないんだ⁉」

グレイソンと男がこちらを見上げて同時に叫《さけ》んだ。

男はグレイソンとは似ても似つかない顔立ちだった。背格好もまるで違《ちが》うし、私書箱を借りにきた男ではないことは明らかだ。

「俺の部屋に封筒を届けに来ただろう」

「それがなんだ？　封筒を届けるのは犯罪なのか？」

「脅迫《きょうはく》に加担したとなれば、立派な犯罪だ」

「脅迫⁉　俺はただ封筒を届けるよう頼《たの》まれただけだ！　中身は急ぎの書類としか聞いてない！」

「誰に頼まれた？」

男は口を噤《つぐ》んでいたが、グレイソンに「警察で話すか、ここで話すか」と詰《つ》め寄られ、観念したように宙を見上げた。

「わかった、わかったよ。俺は私立探偵《たんてい》で……普段《ふだん》はこんな怪しげな仕事は受けないんだが、謝礼をはずむと言われて」

「依頼主《いらい》の名前は？」

男を摑んでいた手を離《はな》し、グレイソンが腕を組む。

「俺にも守秘義務があるって言いたいところだが、義理立てするほどの客じゃないからな。ジョン・スミスってあからさまな偽名《ぎめい》を名乗ってたよ。支払《しはら》いは現金、用があるときはこっちから電話するって言って連絡先《れんらく》は教えてくれなかった」

「どんな男だ？」

「年齢《ねんれい》は三十前後、長身、黒っぽい髪《かみ》に青い目」

ふと黙《だま》り込み、探偵がグレイソンの顔をまじまじと見つめた。

「そういやあんたに雰囲気《ふんいき》が似てたな。背格好も同じくらいだ。あんたほどイケメンじゃないが、輪郭《りんかく》や顎《あご》の辺りとか、受ける印象が似てたよ。兄弟、従兄弟《いとこ》とかに心当たりは？」

「俺には兄弟も従兄弟もいない」

「ふうん、この商売やってるとよく目にするんだがね。親子兄弟、親戚《しんせき》、血縁《けつえん》者ゆえの揉《も》め事《ごと》」

探偵がため息をつき、壁《かべ》にもたれかかる。

「もう帰っていいだろ？　あんたも部屋に戻《もど》って服を着たほうがいい。今の状態だと、警察に通報されるのはあんたのほうだぞ」

グレイソンがバスローブの前をかき合わせ、「ああ、行っていい」と頷《うなず》く。

「依頼主に、用があるなら直接来いって伝えておいてくれ」

「話す機会があればな」

探偵が背を向け、ゆっくりと階段を下りていく。彼の後ろ姿が視界から消えると、碧は急いでグレイソンに駆け寄った。

「グレイソン……！」

「部屋で待ってるように言ったのに」

肩《かた》を抱《だ》き寄せられ、グレイソンの無事に胸を撫《な》で下ろす。

「あなたがその格好で飛び出していったから心配で」

「ああ、シャワーを浴びたらまずパンツを穿く習慣をつけないとな」

「他《ほか》の宿泊客《しゆくはく》に見つからないうちに部屋に戻りましょう」

幸い誰ともすれ違うことなく部屋に帰り着くことができた。ドアを閉めてふたりきりになると、グレイソンが何やら思案顔で顎を撫でる。

「謎《なぞ》のジョン・スミス氏は、よっぽど俺に似ているらしいな」

グレイソンのほうへ向き直り、碧も先ほどから考えていたことを口にした。

「ちょっと思ったんですけど……あなたはお父さまにそっくりですよね。つまり、スミス氏もお父さまに似ているってことですよね」

「ひょっとして、俺以外にも息子《むすこ》がいた？」

肯定《こうてい》も否定もせずに、碧はグレイソンの目を見つめた。

グレイソンとしては考えたくもないだろうけれど、浮気三昧《うわきざんまい》だったという彼の父がよそに子供を作っていたとしても不思議ではない。

「そうか。そういう可能性だってあるよな。母は何も言ってなかったし、遺品の日記帳にもそういう記述はなかったんだが」

「血縁者だとしたら、あなたを執拗《しつよう》に狙《ねら》う理由がわかる気がします」

「……ああ。なぜこれまでその可能性を考えなかったんだろうな。息子は俺ひとりだと信じて疑わなかった。他にも子供がいるかもしれないと考えることを避《さ》けていた、というべきか」

両手で髪をかき上げ、グレイソンが大きく息を吐《は》き出す。

「犯人が俺の兄か弟だとしたら、これほど憎《にく》まれているっていうのはなかなか辛《つら》いな」

「まだそうと決まったわけじゃないです」

「だがそういう可能性も大いにある。念のため警察にも報告しておくよ」

もう一度ため息をついてから、グレイソンは「朝食にしよう」と踵を返した。


ルームサービスの朝食はどれも美味《おい》しくて申し分なかったが、テーブルは重苦しい空気に包まれたままだった。

「ここに滞在《たいざい》していることも知られてる。どこか別のホテルに移動しよう」

最後のフルーツを食べ終えたグレイソンが、フォークを置いて切り出す。

「ええ……だけどまた突《つ》き止められるんじゃないですか？」

「だよな。尾行《びこう》すれば簡単に」

言いかけたグレイソンが、「このホテルはどうしてばれたんだ？」と身を乗り出す。

「会社かペントハウスを見張ってた？」

「レンタカーもばれてたってことか。だけどここに来るまでの間、背後に怪しい車はいなかった。ずっと尾《つ》けられてたら気づくはずだが」

グレイソンが急に立ち上がり、碧は驚《おどろ》いて彼を見上げた。

「どうしたんです？」

「確かめたいことがあるからちょっと駐車場《ちゅうしゃじょう》に行ってくる。きみはここにいてくれ」

「僕も行きます。ひとりになるほうが怖《こわ》いです」

急いで立ち上がると、グレイソンも「そうだな」と頷いた。

宿泊客用の駐車場は、ホテルのエントランス前だ。平日とあって駐車率は三割程度、閑散《かんさん》とした駐車場を横切り、白いステーションワゴンを目指す。

（今もどこからか犯人が見てるかもしれないんだよな）

そう思うと、背筋がぞくりとする。いきなり撃《う》たれたりはしないだろうが、犯人がグレイソンに悪意を持っていることは確かだ。

車にたどり着くと、グレイソンが中腰《ちゅうごし》になって車体の下部を手で探《さぐ》り始めた。ぐるりと一周し、助手席のドアの下から何かを取り出す。

「思ったとおりだ、追跡《ついせき》装置がつけられてる」

「えっ、いつのまに？」

「おそらくレンタカーを借りてオフィスビルの地下駐車場に戻ったときだ。出入りのチェックはあるが、あれだけ多くの会社が入ってるから来客を装《よそお》うのは難しくない」

「ですね……僕のいるフロアのデザイン事務所も、しょっちゅうお客さんが出入りしてるし」

「これは敢《あ》えてつけたままにして、タクシーで移動しよう」

グレイソンが再び屈《かが》み、追跡装置を元の場所に戻す。

ホテルの建物に戻ると、碧は詰めていた息をほっと吐き出した。

誰《だれ》かに狙われているという状況《じょうきょう》は、非常に心臓に悪い。建物の中だから安全とは限らないが、遮《さえぎ》るものがない屋外を歩くのは正直怖かった。

エレベーターに乗ってふたりきりになると、グレイソンが振《ふ》り返る。

「まずはホテルを移動しよう。ヘレンには、俺の仕事を手伝ってもらってるってことにして連絡しておく」

「どこか当てはあるんですか？」

「決めてないが、とりあえずマンハッタンに戻ろう。ちょっとしたバカンス気分も味わえると思ってここを選んだんだが、もうそんな気分になれないからな」

「ですね。どこにいても監視《かんし》されるんなら、通勤しやすい場所にしましょう」

碧の返事に、グレイソンがにやりと笑《え》みを浮《う》かべた。

「こんな非常時でも仕事熱心だな。ま、それがきみのいいところでもあるんだが」

「僕だってこの状況は怖いです。けど、気にせず普段どおり過ごすというのもひとつの対処法かと思って」

「その考え方いいね」

エレベーターを降りて、部屋へ向かう。ドアの前に立った碧は、ふいに部屋に犯人が潜《ひそ》んでいるのではという考えに囚《とら》われて足を強《こわ》ばらせた。

（サスペンス映画じゃあるまいし、考えすぎだ）

背中にまわされたグレイソンの大きな手の感触《かんしょく》に勇気づけられ、室内に足を踏《ふ》み入れる。

「大丈夫《だいじょうぶ》、誰もいないよ」

碧の恐怖心《きょうふ》を察知したらしいグレイソンが、寝室《しんしつ》、バスルーム、クローゼットを点検してリビングに戻ってきた。

「この犯人の目的は、俺を宝石泥棒《どろぼう》に仕立て上げることだ。殺すつもりならとっくに殺してる」

「怖いこと言わないでください。だけど本当に用心しないと、宝石泥棒の件が思ったようにいかなくて、憎しみをエスカレートさせてるかもしれないし」

グレイソンが表情を引き締《し》め、「犯人が俺をこの世から消したくなる前に解決しないとな」と呟《つぶや》く。

「さて、まずは荷造りだ。屋上庭園は全部片付いてから改めて来よう」

「ええ、あなたとの屋上ディナー、楽しみにしておきます」

寝室に行き、スーツケースに着替《きが》えを詰《つ》め込んでいく。バスルームで洗面道具をポーチにしまっていると、リビングで携帯《けいたい》の着信音が鳴り響《ひび》いた。

「グレイソン、電話鳴ってますよ！」

「ああ、ありがとう」

大股《おおまた》でやってきたグレイソンが、テーブルの上のスマホを手に取る。液晶《えきしょう》画面に目をやり、一瞬怪訝《いっしゅんけげん》そうな顔をしてから「はい」と背を向けた。

しばし無言で相手の話に耳を傾《かたむ》け、「わかった」とだけ答えて通話を切る。

「誰です?」

普段《ふだん》はグレイソンの電話の相手をいちいち確かめたりはしないのだが、グレイソンの硬《かた》い表情が気になって尋《たず》ねた。

「会社の顧問《こもん》弁護士だ。今進行中の案件で、ちょっと面倒《めんどう》な問題が起きてて ね」

碧を安心させるように微笑《ほほえ》んで、グレイソンが部屋を見まわした。

「さて、荷造りがだいたい終わったから、先にフロントに行ってチェックアウトしてくるよ。きみはここにいて、誰かが訪ねてきても絶対にドアを開けないように」

「ええ、でもまだチェックアウトまで時間ありますよ」

「ここのバスローブが気に入ったから買いたいんだ。部屋の案内に、フロントで販売《はんばい》してるって書いてあったから」

言いながらグレイソンがドアを開け、「俺が戻《もど》るまで絶対にドアを開けないこと」と念を押して部屋をあとにする。

グレイソンの後ろ姿を見送った碧は、中断していた荷造りを再開した。

けれど何かが引っかかって、気持ちがざわざわして落ち着かない。

（なんだろ……なんかグレイソンの様子、変じゃない？）

寝室に戻り、昨夜着たバスローブを手に取る。

高級ホテルだけあって、肌触《はだざわ》りがよく厚みもあっていい品だ。けれどグレイソンが普段愛用しているバスローブに比べると、タオル地の質感が違《ちが》いすぎる気がする。このホテルに泊《と》まった記念として、手元に置いておきたいのかもしれないが。

違和感《いわかん》が拭《ぬぐ》えなくて、碧はその場に立ち尽《つ》くした。違和感の正体は、さっきグレイソンの携帯にかかってきた電話だ。

通話を終えたときのグレイソンの表情が脳裏《のうり》にちらつき——。

「……あ！」

思わず碧は声を上げた。

犯人だ。さっきの電話は、犯人からの電話だ。

グレイソンは探偵《たんてい》に、用があるなら直接来るように伝えろと言った。伝言を聞いた犯人が、グレイソンに直《じか》に会いに来たのだ。

そう考えれば、先ほどのグレイソンの不自然な態度も腑《ふ》に落ちる。

自分を心配させまいと適当な口実を作って、ひとりで対決に向かったのだ。

（どうしよう、どうしたらいい？）

グレイソンに言われたとおり、ここから出ずに待つべきか。

けれどももしもグレイソンに何かあったら、自分は一生後悔《こうかい》し続けるだろう。迷ったのはほんの数秒だった。スマホと部屋のカードキーを握《にぎ》り締め、勢いよくドアを開ける。

エレベーターで一階に到着《とうちゃく》すると、心臓が全力疾走《しっそう》したときのように激しく脈打っていた。震《ふる》える足で、フロントのカウンターへ向かう。

カウンターでは老夫婦《ふうふ》がチェックアウトの手続きをしていた。ロビーにも客が数人。中年のカップル、高齢《こうれい》の男性三人組……グレイソンの姿は見当たらない。

エントランスから外に出て辺りを見まわすが、退屈《たいくつ》そうなドアマンと植え込みの手入れをしている作業員以外、誰もいなかった。

(もしかして車?)

駐車場のステーションワゴンに小走りで近づき、おそるおそる覗《のぞ》き込む。車内も周囲も無人で、こちらも空振《からぶ》りだった。

急いでフロントに引き返し、カウンターにいた支配人に声をかける。支配人はチェックインのときに自ら対応してくれたので、グレイソンの顔はよく覚えているはずだ。

「すみません、スイートルームに宿泊《しゅくはく》しているブラックウェル氏が先ほどここに立ち寄ったかと思うんですけど」

「最上階にお泊まりのブラックウェルさまですね？　今日はまだこちらにはいらっしゃってい

「そうですか。ありがとうございます」

礼を言って、碧は頭をフル回転させた。

もし本当に犯人が会いに来たとしたら、人目につかない場所でふたりきりで話そうとするはずだ。

車はあるから遠くへは行っていない。犯人の車に乗った可能性もなくはないが、グレイソンがそんな危険を冒《おか》すとは思えない。

(人目につかない静かな場所……)

はっとして、ホテルの建物の裏手にあるイギリス庭園へ急ぐ。

しかし碧の予想と違い、庭園では老婦人の団体が賑《にぎ》やかに散策を楽しんでいた。それでも念のため庭を見てまわるが、ここにもグレイソンの姿はない。

(非常階段とか？　だけどスタッフに見つかるよね？)

ホテルの建物を見上げ、碧はあっと声を上げた。

――屋上庭園。

そう閃《ひらめ》いたと同時に猛《もう》ダッシュでホテルに戻ってエレベーターのボタンを連打する。やってきたエレベーターに飛び乗り、もどかしい思いでパネルを見上げ――。

屋上に到着すると、碧は大きく深呼吸してから踏み出した。

降り立った場所は、小さなロビーのような部屋だった。屋上に通じるガラス張りのドア、非常階段のドア、従業員以外立ち入り禁止のドア、エレベーター前にベンチが置かれているだけで、他《ほか》には何もない。

ガラス張りのドアに近づき、そっと外を覗く。

綺麗《きれい》に手入れされた花壇《かだん》、オリーブの木々に囲まれたテーブル、洒落《しゃれ》たガーデンライト――パンフレットで見たとおりの光景に、人影《ひとかげ》は見当たらなかった。

音を立てないようにドアを開け、注意深く左右を見まわす。

「……っ！」

誰《だれ》かの話し声が聞こえて、碧はぎくりとしてその場に立ちすくんだ。

グレイソンの声ではない。知らない男性の声だ。風に乗って聞こえてくるその声は、誰かに威圧《いあつ》的な口調で何か命じているように聞こえる。

すぐ通報できるようにスマホを握り、碧は建物の壁《かべ》伝いに裏手へまわった。建物の陰《かげ》からそっと覗き、もう少しで漏《も》れそうになった悲鳴をすんでのところで飲み込む。

屋上の端《はし》、落下防止用に張り巡《めぐ》らされたフェンスの向こうで、グレイソンが両手を上げている。こちらに背を向けている男が、グレイソンに銃《じゅう》を突《つ》きつけており――。

（グレイソン……！）

気が動転し、今ここで何をするべきかわからないまま一歩踏《ふ》み出したそのとき、碧に気づいたグレイソンが小さく首を横に振るのが見えた。

危機的状況《じょうきょう》だというのに、グレイソンは落ち着いていた。少なくとも表面上は、碧のように取り乱してはいない。

それに気づいた碧は、ほんの少しだけ冷静さを取り戻すことができた。

グレイソンの態度にはきっと理由がある。相手の男が今すぐ発砲《はっぽう》するわけではないという確信があるのだろう。

だったら自分も、無闇《むやみ》に飛び出して状況を悪化させるようなことをしてはならない。

(まず通報だ)

建物の陰に入り、911に電話をかける。

『こちら緊急《きんきゅう》ダイアルです。どうしました?』

「友人が、知らない人に銃を突きつけられてるんです……っ」

オペレーターに問われるままに、碧は震える声で状況を説明した。その場をすぐに離《はな》れるように言われたが、そういうわけにはいかない。警察が到着するまで電話を切らないように言われたので、スマホをポケットに入れてそっとグレイソンのほうを窺《うかが》う。

最初に見たときと、ふたりの立ち位置は変わっていなかった。グレイソンが険しい表情で男をじっと見据《みす》え、男のほうは何かまくし立てているが、内容までは聞き取れない。

次第《しだい》に男の声が大きくなってくる。顔が見えなくても、男の様子が尋常《じんじょう》でないことは明らかだった。

(警察の人、早く来て……！)

パトカーが到着するまで待っていられない。男が発砲する前になんとか思いとどまらせようと、碧は無我夢中で飛び出した。

「警察を呼びました！　銃を捨てて、今すぐ！」

「来るな！　逃《に》げろ！」

碧に気づいたグレイソンが、顔色を変えて叫《さけ》ぶ。

碧も無茶《むちゃ》は承知だ。だが勝算はある。まもなくパトカーが来ると知ったら、男も逃げたほうが得策だと気づくはずだ。

ゆっくりと振り返った男の顔を見て、碧は彼が何者か理解した。

確かにグレイソンとよく似ている。いや、グレイソンと似ているというより、父親であるパトリック・フィッツロイにそっくりと言うべきか。

「おやおや、きみはグレイソンと同棲《どうせい》中の彼氏だな」

グレイソンに銃を向けたまま、男がにやりと笑った。

「ちょうどよかった。今グレイソンを脅《おど》してたところだ。屋上から飛び降りろとね」

男の言葉に、背筋が凍《こお》りつく。

「遺書は俺が用意しておいたよ。魔《ま》が差してサファイアを盗《ぬす》んだものの、警察の追及《ついきゅう》に疲《つか》れてしまった。皆《みな》に知られる前にこの世を去りたい。とね」

「あなたはグレイソンの異母弟、パトリック・フィッツロイの息子《むすこ》ですね」

少しでも時間を稼《かせ》ぎたくて、碧はゆっくりと嚙《か》みしめるように発音した。今のセリフは、通話状態にしているスマホから警察にも届いているはずだ。

「ああ、そのとおり。遊び人の伯爵《はくしゃく》が作った婚外子《こんがいし》ってやつだよ」

男が唇《くちびる》の端を歪《ゆが》めるようにして笑う。

「俺の母親はシングルマザーで、苦労しながら俺を育ててくれた。父親のことは訊《き》いてもはぐらかされてばかりだったが、十五の誕生日にようやく話してくれた。まじで驚《おどろ》いたよ。まさか俺が有名な伯爵の落胤《らくいん》だとはさ。母は二度と関《かか》わりたくないと認知《にんち》を求めず、伯爵は俺の存在を知らないまま死んだらしいがな」

男の話に、碧はいかにも同情しているような表情を浮《う》かべてみせた。

グレイソンがしきりに口を動かして「逃げろ」と言っているのがわかったが、話を引き延ばしているうちに警察が来るはずだ。

「それでも俺が貴族の血を引いていることは確かだ。高校生だった俺は得意満面で自分が伯爵の落胤だと吹聴《ふいちょう》したが、誰も信じてくれなくて馬鹿《ばか》にされるだけだった。やつらを見返そうと努力して大学に進学したよ」

男が言葉を切り、グレイソンを顎《あご》でしゃくる。

「伯爵にひとり息子がいるのはネットで知った。本家の息子より優秀《ゆうしゅう》になれば世間も認めてくれるだろう。そう考えて必死で勉強した。だが大学ってところは最悪だったね。俺は学費のためのアルバイトに追われ、裕福《ゆうふく》な家のお坊《ぼっ》ちゃんたちはろくに勉強もせず遊び歩いてる。世の中不公平だと思ったよ」

「苦労したんですね」

わざとらしいかと思ったが、男は碧の言葉に満足げだった。「そうだ、すごく苦労したんだ」と強調して自分語りを続ける。

「躓《つまず》いたきっかけは寮《りょう》でやってたポーカーだ。お坊ちゃんたちをカモにして結構稼げたもんだから、これはいけると思ってさ。カジノで不正がばれてボコボコにされて、更《さら》には犯罪の片棒を担《かつ》がされる羽目になっちまって」

「なるほど、犯罪者になったきっかけはギャンブルか。ギャンブル好きは父親と一緒《いっしょ》だな」

グレイソンの呟《つぶや》きに、男の表情が一変した。

「うるさい！　おまえに何がわかるっていうんだ！」

激高した男がグレイソンの額に銃を突きつけ、碧の口から悲鳴が漏れる。

「やめて！　やめてください！」

碧の懇願《こんがん》に、男が可笑《おか》しそうに笑った。この場で自分が優位に立っていることがよほど嬉《うれ》しいらしい。

「一年くらい前、たまたまネットの記事でおまえを見かけたんだ。名字を変えてたが、すぐに俺の異母兄だとわかった。俺とそっくりの顔で成功して脚光を浴びている。俺が社会の底辺を這《は》いまわっているってのにさ。そのとき決めたんだ。おまえを俺と同じ場所まで引きずり落としてやるってな。その日から、おまえをどう陥《おとしい》れるか考えるのが俺の生き甲斐《がい》になった」

男の歪んだ嫉妬《しっと》に、碧はぞっとした。

人の成功を羨《うらや》むのはまだわかる。だが、人の幸せが許せないという考えはまったく理解できない。

「おまえが宝石の窃盗《せっとう》犯で捕《つか》まらなかったせいで計画を変更《へんこう》せざるを得なかったが、結果的に上手《うま》くいったよ。おまえは宝石を盗んだことを認めて自殺する、最高の結末だね。ついでに恋人《びと》の彼も一緒に飛び降りてもらおう。グレイソンが自殺したことを知り、悲嘆《ひたん》のあまりあとを追ったってところかな」

「もうすぐ警察が来るんですよ？　逃げたほうがいいんじゃないですか？」

「警察を呼んだなんて嘘《うそ》だね。パトカーのサイレンが聞こえるか？　聞こえないなあ」

小馬鹿にしたようにに笑って、男が碧に銃を向けた。

「さあ、俺の言うとおりにするんだ」

「……っ！」

銃口を向けられ、全身から血の気が引いていく。だが恐怖《きょうふ》に浸《ひた》る間もなくグレイソンが「伏《ふ》

せろ！」と叫び、碧は弾《はじ》かれたようにその場にしゃがみ込んだ。

碧がしゃがむと同時に、乾《かわ》いた破裂《はれつ》音が耳をつんざき——。

(グレイソン！)

真っ青になって顔を上げる。

男を羽交《はが》い締《じ》めにしているグレイソンの姿が目に入り、碧は安堵《あんど》の吐息《といき》を漏《も》らした。

「碧！　銃《じゅう》を拾ってくれ！」

「は、はいっ！」

慌《あわ》てて立ち上がり、よろめきながら駆《か》け寄って男の足元に落ちた銃を拾う。

「放せ！　くそっ！　おまえらふたりとも殺してやる！」

喚《わめ》きながら暴れる男をグレイソンが突《つ》き飛ばし、馬乗りになって両腕《りょううで》を捻《ね》じり上げた。

「どんな手を使ってでも阻止《そし》してやるよ、絶対にな」

鬼《おに》のような形相で、グレイソンが言い放つ。

日頃《ひごろ》の紳士《しんし》な彼からは想像できない荒々《あらあら》しさに面食《めんく》らっていると、グレイソンに「大丈《だいじょう》夫《ぶ》？」と問いかけられて我《われ》に返った。

「ええ……」

「こいつを縛《しば》る紐《ひも》が必要なんだが、何かないかな」

「あ、僕のベルト使ってください」

もたもたとベルトを引き抜《ぬ》いていると、ようやくパトカーのサイレンが聞こえてくる。

（助かった……）

グレイソンに縛り上げられた男がまだ何か喚き散らしていたが、それもサイレンの音にかき消されていく。

「まったく、きみが飛び出してきたときは生きた心地《ここち》がしなかったよ」

碧の目を見つめ、グレイソンが盛大《せいだい》なため息をついてみせた。


ホテルの部屋で警察の事情聴取《ちょうしゅ》を終えると、時刻は既《すで》に正午に近かった。

「もう今日は休みにしよう。さっきスタッフと電話で話したんだが、会社の外にメディアの取材が来てるらしい」

疲れた表情で、グレイソンがソファの背にもたれかかる。

「世間を騒《さわ》がせたサファイア盗難事件の犯人は、悪名高き伯爵の隠《かく》し子《ご》だった。いかにもタブロイド紙が好きそうなネタだからな。まあこの話題もすぐに忘れられるだろうけど」

「ええ、二、三日もすれば別のスクープやスキャンダルやらで忙《いそが》しくなるでしょうね」

冷蔵庫から取り出したミネラルウォーターのボトルを手に、碧もソファに倒《たお》れ込んだ。

——逮捕《たいほ》されたグレイソンの異母弟、ジェイコブ・レトナーには脅迫《きょうはく》、傷害、詐欺《さぎ》などで数々の前科があったらしい。しかも殺人事件の容疑者として指名手配中だったそうで、刑事《けいじ》からその事実を知らされた碧は全身が凍《こお》りついた。

『サファイアの窃盗とあなたがたへの脅迫だけじゃ数年で出てきますが、奴《やつ》は三年前の強盗《ごうとう》殺人事件の犯人なんです。動かぬ証拠《しょうこ》がありますし、終身刑《しゅうしんけい》は確実でしょう』

ジェイコブはグレイソンに異常なほど執着《しゅうちゃく》している。刑務所を出たら再びグレイソンにつきまとうのでは、という懸念《けねん》が払拭《ふっしょく》されたことは喜ばしい。

だが、グレイソンのおそらく唯一《ゆいいつ》の兄弟であろうジェイコブの末路は碧をやるせない気持ちにさせた。

グレイソンにも不遇《ふぐう》の時代があった。そこから這い上がったグレイソンと落ちていったジェイコブ――ふたりの人生を分けたものに思いを馳《は》せ……。

「きみが思い悩《なや》むことはないよ」

碧の考えを読んだかのように、グレイソンがぼそっと呟いた。

「ええ、わかってます。だけどどうしても考えちゃって」

「俺もずっと頭から離《はな》れない。まったく、あのクソ親父《おやじ》のことをようやく忘れかけてたところだったのに」

グレイソンがこちらに向き直り、「おいで」と手を伸《の》ばす。

肩《かた》を抱《だ》き寄せられて、碧は逞《たくま》しい胸に頬《ほお》を寄せた。

「きみが無事で本当によかった」

「僕も、あなたが無事で本当によかったって思ってます」

ジェイコブが殺人犯だと知っていたら同じように行動できたか自信がない。思い返すと実に危《あや》うい綱渡《つなわた》りだった。

「碧、約束して欲しい。今後は絶対にあんな無茶《むちゃ》はしないでくれ」

グレイソンの言葉に、碧は顔を上げた。

「無茶はあなたです。僕に黙《だま》って犯人に会いに行くなんて」

「それは……すまない。あのときはああするしかなかったんだ」

「もしかして電話でジェイコブに何か言われたんですか？」

しばし碧を見つめたあと、グレイソンが観念したように口を開く。

「ひとりで来ないときみに危害を加えると言われた」

驚《おどろ》いて体を起こすと、グレイソンも身を乗り出した。

「だが間違《まちが》っていなかったと思う。今後同じようなことがあったとしても、俺はきみを危ない目に遭《あ》わせないよう対処する」

「やめてください。そういうときこそ、ふたりで一緒に解決しないと」

碧の主張に、グレイソンが目を瞬《またた》かせる。

「そうだな……きみの言うとおりだ。まずふたりで話し合おう」

グレイソンの手を握《にぎ》り、碧は「ええ、そうしてください」と力強く頷《うなず》いた。

「いちばんいいのは、二度とああいう状況《じようきよう》に陥《おちい》らないことだな」

「回避《かいひ》できるようふたりで努力しましょう」

言いながら握った手に力を入れると、グレイソンがふっと口元に笑《え》みを浮《う》かべる。

「きみが一緒《いつしよ》だと心強いよ」

「そう思ってもらえると嬉《うれ》しいです。あなたに守られるだけの存在ではいたくないので」

視線を絡《から》ませ合っているうちに、どちらからともなく顔が近づいていく。

唇《くちびる》を重ね、舌を絡め合い……。

「……ん」

熱い口づけに息を喘《あえ》がせると、グレイソンが唇を重ねたまま囁《ささや》いた。

「きみと一緒に過ごす日々が、このままずっと続いて欲しい」

「僕もです」

「そこで相談なんだが、俺たち結婚《けつこん》するのがいいんじゃないかな」

「……ええっ？」

驚いて目を見開くと、グレイソンがくくっと低く笑った。

「それについてはのちほどゆっくり相談しよう。その前にもうひとつ、俺たちの心を曇《くも》らせていた懸案事項《けんあんじこう》も片付いたことだし、ベッドに行って心ゆくまで愛を確かめ合うってのはどうか

な」

「……っ」

グレイソンの手が太腿《ふともも》の内側に滑《すべ》り込んできて、碧は息を呑《の》んだ。

こんな魅惑《みわく》的な申し出を断れるはずもない。心も体もすっかり高ぶっているし、今日はもうあれこれ考えずに快楽に身を委《ゆだ》ねても罰《ばち》は当たらないだろう。

「ええ、心ゆくまで確かめ合いましょう」

グレイソンにしがみついて、碧は挑発《ちょうはつ》するように熱く兆《きざ》した場所を擦《こす》りつけた——。

あとがき

こんにちは、神香《じんか》うららです。お手にとってくださってどうもありがとうございます。

このお話のあとがきを書ける喜びを、今しみじみと噛みしめています。というのも、昨年過去最大の〝書けない期〟がやってきて、一時はもうラストにたどり着けないのでは……と思うほどだったので。担当さまを始め、編集部の皆さまが根気強く待ってくださったおかげで、こうして形にすることができました。

素敵なイラストを描いてくださった明神翼《みようじんつばさ》先生、辛抱強い担当さま、刊行に関《かか》わってくださった皆さま、多大なご迷惑をおかけして大変申し訳ありません。そして本当に本当にありがとうございます。

訳ありセレブ社長グレイソンとギャラリー勤務の碧《みどり》のロマンス、どうか楽しんでいただけますように。謎めいた紳士、華やかなパーティでの宝石盗難事件、マンハッタンの夜景を一望できるペントハウス——好きな要素てんこ盛りなのに、なぜあんなにも進まなかったのか!?

今年は、今年こそは、予定通り進められるようになりたいです。

よかったらご感想などお聞かせください。

またお目にかかれることを願いつつ、失礼いたします。

貴公子《きこうし》は運命《うんめい》の宝石《ほうせき》に口《くち》づける
神香《じんか》うらら

角川ルビー文庫　23448

2023年3月1日　初版発行

発行者――山下直久
発　行――株式会社KADOKAWA
〒102-8177　東京都千代田区富士見2-13-3
電話 0570-002-301（ナビダイヤル）
印刷所――株式会社暁印刷
製本所――本間製本株式会社
装幀者――鈴木洋介

ISBN978-4-04-112999-9　C0193　定価はカバーに表示してあります。